二〇二〇年という幕末

澤井繁男

Sawai Shigeo

作品社

目次

装幀　小川惟久

二〇二〇年という幕末

二〇二〇年という幕末

風が毒を孕んで古着の破れ目を潜り抜けるように吹き荒れる。空気も底の底まで汚染され、草木や動植物にいたるまで感染がおよぶ。人間に悪寒《おかん》と悪心《おしん》がはびこり、さらに発熱し、ヘドを吐き、腹を下す。日に日に体力が衰え、体調も崩れ、目にみえない魔物におびえる日々と向き合わなくてはならない。それは神の怒りか、あるいは御仏《みほとけ》の憤怒の顕われか、誰にも想像できない。ただただ、受苦に甘んじ、自然神に祈るばかりだ。自然にもし霊魂が宿るなら、どうか地下から姿をみせ、人類に救いの手を差しのべてほしい。あなたたちこそが頼りなのだから。あなた方も目にみえない存在だが、私たちの命の根源であり、素でもある。父なる神はすでに息絶え、母なる神々がこれからの世を導く。天国も煉獄も地獄も失せ、浄土もない。あるのは目の前のカビの生えた大地と、コケがおおいつくした川だけだ。

腐敗した草々、根絶やしにされた樹木、盛りを過ぎた家畜に野生動物、翼を失った鳥、陸に上がって干上がった魚、鉱物の溶解、淪落した街々、零落した人類。生きとし生けるもの、森羅万象の命が汚染され、息絶える。悲惨が悲惨ではなく、そのものがそのものでない世界がやってくる。森羅万象の命が汚染され、息絶える。時間が消え、汚濁のなかで静止する。森閑とした世界。冬芽の兆しもなく万有が陽光《ひかり》を喪失する。この世の果てに私たちはきたのか。果ての果ては地獄ではなく滝。そこから落下する。流れに乗り生き抜く意志。誰もがそれを願う。世界は生きているのでなく、すでに瀕死の窮状なのだ。

1　さんだ

関東地方のB市の役所を還暦前に辞して、本格的にイタリア再生期の文学・文化の知識を深め、また時間にゆとりがあれば小説にもしてみたいと願って、関西の妻の実家に身を寄せた私は、隣街である北摂《ほくせつ》のP市に転居して三、四年が経つ。その間、新書版だが概論めいた本一冊と、カルダーノという医師で数学者の自伝（原典のラテン語でなく、英訳版から）の翻訳書を立てつづけに、それも大手の版元から刊行する機会に恵まれ、ある程度の読者を得た。近畿には高校時代からの友人寺田広大《ひろひろ》が大学の教員として暮らしていた。彼は四〇歳過ぎてから透析患者として過ごしているが、久しぶりに会うと元気だったので安心した。

その日、もう昼時にもなろうとする頃、玄関のドアの開く音が聞こえた。妻の陽子《はるこ》が息せき切って、はあはあとかすれた声を上げながら廊下を歩いてくる。妻は朝市に行ってみると遅い時刻に家を出ていた。どうした？　と声をかけると、今日、一一時からエレベーターが点検のため停止するのをすっかり忘れてしまって、と顎を出している。それは災難だったな、でもこの寒いなか、からだが暖まっただろう、と慰めると、考えてみればそうね、朝市なんていんちきだった、昼市も同然だった、とこぼした。そういえば家を出たのが一〇時を回っていたから変だとは思っていた。朝市というからには遅くとも八時には店が出ているはずだ。昨日の朝刊のチラシに一〇時からって書いてあったので、と妻の機嫌はよくない。おまけにエレベーターの点検に引っかかって一二階まで階段を登らされたのだから、憤る気持ちもわからないではない。普段、私のほうに点検の曜日と時間を知らせてくれる、よく気のつく妻だから、このしくじりはさぞかし悔しかったことだろう。そういらいらしなさんな、と居間にもどろうとすると妻がにわかに朗らかな声で、地ビールみつけてきたわ、と言った、というより私の背中に勢いよく声を投げてきた。ほう、地ビールを、と振り返ったところ、妻の買い物がそれだけであることに気づいた。ほかの買い物は、と問うと、買いたいものがないほど殺風景な昼市だったと言う。

私は差し出された小瓶の地ビールを受け取ったまま、暗い廊下から居間に急いだ。

地ビールに特別な思いを抱いているわけではなかったが、既成のビールとは違うどこか格別な風味や香りへの期待があった。真冬の部屋の奥まで差し込んでくる陽光にさらして私はラベルをみつめた。まず目に飛び込んできたのは「復刻版」という大きな文字だ。その字の上に「幕末に日本人が最初に造ったビール」とあって、その左横に説明書きがある――「幸民麦酒は、幕末に黒船が来航した一八五三年、日本ではじめてビール醸造に成功した蘭学者川本幸民《こうみん》のビールレシピを復元したビールです」で始まって、川本幸民がいまの兵庫県三田《さんだ》市出身で、「近代日本化学の祖」と称されていること、本業が医師であること、また清酒酵母を用いているのでその芳香と麦芽の甘み、ホップの苦みとすっきりとした酸味、云々とほぼ絶賛に近い文言が並んでいる。ホップなど当時の日本にあったのか、と疑問に感じた私のその思いは、かつて宝塚市に招かれて講演する際の演者紹介のアナウンスへと飛んでいた。

講演の前に紹介をするから略歴を、と頼まれたので、慶應義塾大学が刊行している文芸誌『三田文学』に、「関東からみた阪神・淡路大震災からの再生」というエッセイを発表していると書いた。「再生」を語るために講師として招かれたのだった。それを若い女性の紹介者が『みた文学』ではなく『さんだ文学』と読んだので、なにがしかのショックを私にもたらし、その講演がうまくいかなかった要因にもつながった。

それよりも「さんだ」が誤読でも、それが紹介者の教養のなさでもなく、しごく当然、宝塚の次のＪＲの駅名が「さんだ」であって、これといって悪意のこもった発言でなかったことを、帰宅して地図を広げて知った。関西に来て間もない私たち夫婦、わけても講演を依頼される身の私のほうに落ち度があったのだ。ルビくらい振っておけばよかった。あの紹介者の女性も『三田文学』の文字を前にしたとき一瞬言葉に詰まったのではなかったか。

その「三田市」に、妻の買ってきた幕末の、日本最初のビール製造者で近代日本化学の鼻祖である川本幸民なる蘭学者が存在していたことが強烈な印象を与えた。幕末から明治維新の文化構造、その内実は「翻訳文化」にあり、イタリア再生期の文化も「翻訳文化」の賜物なのだ。日本の場合はオランダ語から時を経て、しだいに英語、ドイツ語、フランス語へと、他方イタリアの場合はギリシア語からアラビア語へ、アラビア語からラテン語へ、そのラテン語が俗語（イタリア語、フランス語、スペイン語、ドイツ語、英語）へと翻訳されていく。この重なりにひさしぶりに、愛好者《ディレッタント》の域を出ないものの、イタリア再生期の文化に関心を寄せている私は知的な興奮を覚えた。「要冷蔵」と記されている幸民ビールを赤ん坊でも抱きかかえるかのように冷蔵庫に大事にしまうと、いつの日かこのビールを呑むことを妻と約して少々蘭学と向き合ってみようと臍《ほぞ》を固めた。それも必ずしも得意としない化学の分野に挑むことになるが、化学への浅薄な知見を恥を承知で披瀝《ひれき》するとともに、コロナ禍の社会と対峙してみることにした。

2　コロナ禍

幸民ビールを妻が買ってきてから間もなく、二〇一九年暮れに中国の武漢から発生したという新型コロナウイルス感染症が日本にも上陸して、私たちの住む大阪府でも外出の自粛が求められた。不要不急の外出はやめてほしいというものだ。特に、糖尿病を持つ者、人工透析者などの基礎疾患者は充分気をつけるように、と。北海道知事が、寒さのなかで勢いを増すこの感染にいち早く対応して、緊急事態宣言を発令した。二月下旬に北海道に行く予定を立てていた私に札幌の友人から来道しないようにとのメールが届いた。北海道行きを愉しみにしていたが、医師である友人の助言だったので、したがうことにした。ちょうどいい、この機会を利用して川本幸民について調べてみようと三田市のホームページを開いてみた。読んでいくうちに気がついたのは、こうした事例は市役所に担当の部署か課があるはずで、電話をしてそこの担当者を呼び出してもらってうかがいを立てるのに尽きる、ということだ。三田市は市外局番が〇七九なのか、神戸は確か〇七八だったと数字でその距離の近さを計りながら、プッシュした。私はスマホとは無縁である、というのも必要性を感じないからだ。電話は固定電話がいちばんいい。ただ、所謂《いわゆる》ガラケーの携帯は所有しているが、妻とタクシー会社と行きつけの病院の電話番号を登録しているだけで、メール送信には利用していない。

はじめに出た女性に、こうこうこういう者で川本幸民を小説に仕立ててみたいと告げると、少々お待ちください、と言って係のひとを呼びに行っている様子がした。待つこと二分。文化スポーツ課で、幸民のことを担当している、田淵と申します、と男性の、おそらく四〇歳過ぎくらいの低い声が耳に届いた。私は佐倉進と申します、と自己紹介してから、幸民を小説にしてみたいと言って、「さんだ文学」と紹介された苦い思い出を語った。田淵さんはそれはそれはここらへんではやはり「三田」は「さんだ」ですからね。「みた文学」などとは思いもよらなかったのでしょう、と『三田文学』の存在を知っていた。おそらく課長クラスだろう。

兵庫県と言えば、瀬戸内海に面した神戸、白鷺城で著名な姫路、それに子午線の通る明石、加古川あたりを連想するだろうが、中部には宝塚、三田、丹波篠山《ささやま》といった都市があり、それら三都市の北に京都府の福知山がある。尼崎からは福知山線が出ており、そこから京都発の山陰本線がコウノトリの街豊岡を経由して日本海沿岸を下関まで走っている。福知山で山陰本線と福知山線が交差することになる。兵庫県は隣の京都府と同じく日本海まで突き抜けている。岡山県はその北側を鳥取県に、広島県は島根県に蓋をされ、日本海とは無縁だ。山口県は双方の海に面している。関西育ちの妻は東北の各県の位置をなかなか把握できないようだったが、私も近畿圏に越してきてからはじめて西日本の県の配置を理解できるようになった。

それで、幸民を主人公にした小説を書きたいのですが、資料で入手できるものがあるのなら送っていただけませんか、とお願いすると、わかりました、地元のひとたちのなかに熱心な研究者がいますから、できるだけたくさんお送りしましょうと言う。そこで私は三田市にある幸民ゆかりの住居跡などを散策してみたいのですけれど、と問いかけると、いまはおよしになったほうがいいです、このコロナ禍、ご自宅で自粛されていたほうが……と言葉を濁した。そうだ兵庫県も危ない地域になってきているのだった、と思い直して、では感染がいずれ終息しましたら、と応えて、拙宅の住所等を述べた。

自宅で過ごしながら、私の惹かれている、イタリア再生期の初期の説話文学と末期の自然魔力を創作になんとか活かせないかと思案していた。イタリア中世末期の説話集に『ノッヴェッリーノ』百話がある。それとそれ以前の口碑を吸い込むような大きな湖として、一四世紀半ばの、ボッカッチョ著『デカメロン』がある。この作品も百話で成立しており、執筆の動機が一三四八年のペスト席捲にあるとも言われている。ペストはペスト菌による感染症だ。一四世紀のペストほどではないが、今回の感染も原因が特定できない。ペストはその後一八世紀まで続き、だいたい四、五年おきにヨーロッパ各地を襲う。ペスト菌は東方から来て家の水回りあたりに住み着いた小型のクマネズミに付着し、そこから人間に感染した。それが一八世紀に大型で家などには定住しないドブネズミが、これも東方からやってきて、クマネズミを食べてくれて、「感染」は終わった。

三田市役所地域創生部市民協働室文化スポーツ課の田淵通康さんから、「川本幸民関係参考資料」が届いたのは、電話をしてから二ヶ月後の四月末だった。青のレターパックにどっさりと詰まっていて手ごたえ充分だ。おもむろに封を切った。

・『幕末・三田の開明学者 川本幸民』――四頁の薄い冊子。表紙に幸民の知的で厳格な顔。最後の頁に「百五十年の時を経て幸民の取り組んだビールが復元」とあり、「幸民の『化学新書』に記された醸造に則って行われた」とある。

・八耳俊文『川本幸民の足跡をたどる――蘭学の伝統』――写真や絵図が挿入された本格的な冊子（五二頁）。

・足立元之編著『川本幸民の「遠西奇器述」解読』（八四頁）。

・子供向きの『三田が生んだ川本幸民物語――偉大な蘭学者』（三八頁）

・三田市郷土先哲顕彰会編『川本幸民百年祭記念誌』（二〇頁）

・A４一枚の「川本幸民略年譜」

以上である。

全部で六点。すぐ三田市役所に電話をかけて田淵さんにお礼を言った。そのとき、三田市をいちど訪ねて幸民の暮らした足跡などをたどってみたいと再び申し出た。田淵さんは電話口で少々時間を置いてから、おもむろに、目下この地域もまだコロナ禍での感染対策の対象地域になっていて、不要不急な外出はご遠慮願っています、と丁寧だがきっぱりと言った。役人的な紋切り型ではない優しさがこもっている。その通りだ。私の歴史探訪は小説作品に仕立てあげるためのものであって、資料を読んでからでもよい。それに幕末と言っていいのは幸民が明治四年に逝去しているからだ。これが西南戦争を越えても生き続けていたら、明治初期のひとになってしまう。一八六八年という線をはさんで、それ以前の多くの時空間に明治維新後の空気が入り込んできていて、空気も明治色に染められていたことであろう。その大気の色にほぼ身も染められつつあった一群のひとたちがいた。

そう思えば、坪井信道《しんどう》主宰の家塾安懐堂での同門で、幸民と同輩の緒方洪庵などは優秀な弟子たちを明治の世に送り込んだ功績があるが、維新前に急逝している。

また誰もが知っている坂本龍馬や高杉晋作も同じだ。新規な空気を吸いつつもすべてを呼吸することができず、旧《ふる》い時代に足をすくわれて死去している印象を受ける。こういったひとたちのなかで幸民はたった四年でも明治の空気に触れ得た。これは幸民にとっての幸いだっただろう。なぜなら彼は新しい文化を担う文化的装置や器具類の発案者という、思想とか哲学とかいった理念的なものでなく、物作りに貢献した人物だったからだ。だが、単なる物作り職人や技術者ではなかった。私はイタリア再生期の文学・文化論に興味を抱いているとすでに述べたが、往時のひとたちの手仕事と頭脳との結びつきに、時代を追うごとに目を見張らされている。

幸民に関する本をパラパラとめくってみると、幸民はビール、写真機、マッチなどを考案して実際に作っている。それに何よりも「化学」という言葉を彼が案出している点に関心がわく。さらにもっと大切なのはみなそれが蘭書からの翻訳によることだ。私たちは江戸時代の文化が翻訳文化であることに立ち返る必要がある。自粛生活のなかで私はここまで思量して一息ついた。そして妻の陽子に声をかけた。陽子にはいつも私の発言で迷惑をかけている。私のもの言いは唐突で主語がなく煙に巻かれた感じがするからだと言う。このときもいきなり当時のオランダの西欧での文化水準はどの程度だったのだろうか、と問うた。

陽子は目をくるくるさせて、当時？　と叫んだ。当時だ、江戸時代だ。江戸時代と言っても二五〇年、あるわよ。そうか、いや全般にわたってでいいんだ。そりゃ無理よ。あの『解体新書』がちょうど江戸時代の中頃よね、と元ナースの陽子は医学の歴史に詳しい。たぶんキリスト教に関するもの以外なら、ぞくぞく入ってきたんじゃない？　シーボルトなんかは書籍でなく実際のひとだわ。いや、そういうことではないんだ。オランダ語で入ってくる書物の水準がその当時の西欧文化の水準を反映したものであったかどうかだ。日本の蘭学者の作り上げた文化は、蘭学書の翻訳の文化だ。だからその素《もと》となるオランダの文化水準が低いとしたら……。もし低かったら、オランダが他の西欧諸国の文化を輸入して自国語に翻訳したものが日本に伝わってくることになる。『解体新書』にしても原典はドイツ人医師のヨハン・アダム・クルムスの著書で、おのずとドイツ医学の優位がわかる。それをいち早くオランダ語に翻訳したオランダの医師たちの慧眼も光るが、このことに重点を置くと、オランダ語自体の文化はさほど高くなくとも、西欧での高度な文化を察知してそれをオランダ語に翻訳する力量はあったようだ。そういうことなのね、訊《き》きたかった中身は。そうなんだよ。そんなことわたしにわかるはずがない。もうよしてね、そういった質問は。

まあな。もし格差があったならどうしようと思って。つまりオランダの文化水準が低いってことね。それはありうるけど、いかにドイツの医学が進んでいたか、だな。鷗外もドイツに留学しているし。あっ、それに長崎の出島にやってきたのはほとんどがドイツ人でオランダ人ではないんだよ。ほんとそれ？　ああ、シーボルトもドイツ人だったから、通詞（通訳）のひとが戸惑って、そんなオランダ語は聞いたことがないと言ったんだよ。するとシーボルトは、オランダの南の山間の出身でね、方言がきついんだととぼけたそうだ。これ、とんでもない嘘だってわかる？　嘘？　そうさ、海面すれすれの低地のオランダの国土に山なんかないんだ。うまくごまかしたものだよ。上手に逃げたものね。ところで高校以来ずっと不思議に思っていたんだけど、どうして日本は、西欧のなかでオランダを唯一の交易国に選んだの？　これはみんなが不思議に思っている点だよね。いままでこう教えられてきた。つまりオランダは他の国々と違って、商売だけに関心があってキリスト教の布教なんか考えてもいなかった、とね。島原の乱（一六三七―三八年）には武器を幕府に提供しているしね。それから一六三九年にポルトガル人の来航が禁止されて、四一年にオランダ人を出島に移し鎖国の完成となるわけだ。ここには当然、南蛮人と呼ばれたイエズス会士であるスペイン人やポルトガル人のカトリック勢力と、オランダ人のようなプロテスタントの牧師との違いはあった。イエズス会の神父たちには日本への領土欲があったしね。秀吉の時代から江戸幕府の初期でやっと彼らの陰謀の片がついたわけだ。

でもね、最近こうも思っている。プロテスタントの思想の根本に「予定説」というのがあってね、人間は生まれたときから神に選ばれているひと、つまり救われるひとと、そうでないひとの二つに分かれている、と。オランダ人は日本人を神に選ばれていない人種だと頭から決めてかかったんではないか、とね。オランダは峻厳、禁欲的なカルヴァン派でずいぶんと厳格だったようだ。カルヴァンは「二重予定説」を打ち出した。救われるひとと滅んでゆくひととがあらかじめ決められている、といういっそう峻厳なものだ。だから神に選ばれたひとたちは当然まじめに働こうと考えて労働に勤《いそし》んだ。このひとたちの子孫が産業革命を起こすことになる。一方、その決定論的教えに耐えかねてオランダ西南部の地域が独立した、という説もあるくらいだ。ベルギーだよ。宗派はカトリックだ。オランダ人は日本人を予定説に含まれていないとみなしていたから、金銭のやりとりで充分だと考えた。なるほどね、日本人を人間と認めなかったのね。幕府も江戸参府の際、カピタンを人間扱いしなかった。お相子だよ。幸民さんのように翻訳で西欧文化を日本の土壌に根づかせたひともいるので、日本の蘭学者の文化水準、黒白《こくびゃく》をわきまえる目は高かったと思うわ。そうだね、それはあり得るな。

3 寺田広大

私は友人の透析患者で未来学者の寺田広大が手掛けた映像と音楽に耳目を傾けながら、世界が奈落の果てのように一変したらどうなるか、といまさらながら思索に耽《ふけ》ざるを得ない。未来について思量する広大に期待するのは、ペストやスペイン風邪のような人間の生死に関わる感染がなくなる世界の創出を勘案してほしいことだ。もともと彼は微生物学を専攻している研究者だ。広大の所属は北摂大学医学部であり、一般教養科目として、全学にわたって「未来学」を講じている。そのなかでも「感染症」の講義がいちばん人気を集めていた。ふと広大が語ってくれた著名な細菌学者のことに思いが走る。その人物は自分の研究している熱病に罹患して他界した。当時、ウィルスなるものの存在が知られておらず、彼はあくまで細菌が病原体だと信じて観察を続けた。観察機材の問題もあった。広大の所見を紹介すれば、近代科学の三つの画期的発明品として、一、遠近法の出現、二、望遠鏡と顕微鏡の発明、三、写真の発明、が挙げられる。だが、ウィルスは普通の顕微鏡では見出せない。電子顕微鏡ができてはじめて可能となる。熱病を研究していたその人物の時代にはまだ、電子顕微鏡はなかった。それゆえウィルスという概念も存在していない。ここにその研究者の不運があった。最後まで原因が細菌にあると信じ込んで疑わず、みずから熱病に感染して生命《いのち》を落とした。知の遅滞と進歩のいたずらは運命か、あるいは必然か。広大のその話に私は深く嘆息した。

感染をもたらすウィルスが蔓延し始めているいま、広大は自分の活躍の場を得られたが、それは決して自ら望んだことではない。メディアに登場して、一見ハデにみえる未来学者のぼくが日の目をみることは人類の不幸と重なる、といつも言う。しかし、その兆候が顕われたのは、二〇一九年の年末。広大は研究者と教育者としての日々を四半世紀こなして翌々年の三月末で北摂大学を退職することになっていた。その間際にコロナウイルスがアジアの大国から発生した。それも未知の新型コロナウイルスだ。世界保健機関はきわめて楽観的というか、事務局長テドロス・アダノム氏の母国エチオピアがアジアのその大国から経済的支援を受けている負い目もあってか、初手からつまずいた。たいしたことにはならないだろうと嘯《うそぶ》いた。

広大は歯がみして、この四月からの新学期の授業は学生と面と向かっては無理だろう、と言う。広大の在籍する北摂大学は大阪府でいちばん人気のある私立大学で、大阪府の私大志望者の大半がここを目指して受験してくる。キャンパスも広く学舎も建て替えが済んで一段と奇麗になり、特に女子学生に気に入ってもらうためにトイレ美化の充実が図られた。すべてウォッシュレット方式にしつらえられている。完成したのが五年前で、受験生の数も建物の新築、改築とともに増えた。私大の予算は受験料や入学金で主にまかなわれるので、受験者数の増加には教職員一同手放しの歓びようだ。大手の大学は大手の企業にも似て、教員への手当ても厚く、それはボーナスの額に如実に顕われている。こんなにもらっていいのか、と新聞やテレビで知る他の企業や団体のボーナスの額についい目が行ってしまい、北摂大学に就職できてよかったと広大は改めて感じていたほどだ。

だがそうした現代建築の粋を結集した建物でも今般のコロナ禍にはとうてい太刀打ちできない。構造自体に弱点があるわけではないが、隙間風が建物のなかに入り込んできて校舎全体を汚染してゆくように感じてしまう。相手は目にみえないウイルスだ。政府の判断で自粛要請となり外出や人混みを避けるようにと通達が出た。でもそれは遅きに失した。世界的規模のスポーツ大会の開催を控えて東京都知事や内閣総理大臣の決断力は錆《さび》ついていた。

広大は向後の生物の生存率のグラフや悶《もだ》え苦しんで息絶えてゆく人間の地獄絵巻を、それに見合った音楽と画像とのDVDで示した後、佐倉よ、これは近未来ではなく一週間後にわれわれを襲ってきてもおかしくはない現実だ。酸素呼吸によって生きている人類はじめ他の生物の絶滅が近いかもしれない。いまこそキリスト教で言う終末、仏教での末法の世。佐倉、こころしてこの映像と、背後に流したレクイエムを記憶に留めよ。こうした時代を乗り切らなくては新たな時代に出会うことはできない。そうだ、……草もなく木もなく実りもなく吹きすさぶ風が荒寥《こうりょう》と吹き抜ける……。それに俺は透析患者だ。罹患したら一ヶ月と保《も》つまい。幸い妻も子もいない独り身だから、当局で俺の亡骸の始末をつけてくれるだろう。後顧《こうこ》の憂いはない。だがコロナに汚染されたいとも思う。人工透析者の俺が俺の病状の悪化をこの目で見届けられるからな。そのとき俺は科学者の目で客観的にコロナのもたらす禍《わざわい》を観察してやる。透析器のポンプを回しながら、じっくり体内と体外とを、な。透析なんてものは、受けるとわかるんだが、からだの内側と外側がひっくり返った気がするものなんだ。血で血を洗うと言ったら言いすぎかもしれないけれど、要するに浸透圧で細胞内の水分や血管内の毒素が透析液と入れ替わるわけなのだから。

世界の転換時に備えよ、と広大は強く訴える。

広大によると、近代自然科学の成立には再生期末のガリレイによる、自然を量とみる「数学的自然観」、それを支えたキリスト教の教え（「創世記」第一章二六節）が必須だった。日本をはじめ東洋の自然観は自然と人類との調和、質的自然観を旨としたためか、自然を客観視できず、「科学」の成立にはほど遠かった。聖書では、人間が自然（界）を支配・管理せよ、とまで言い切っている。それは自然を客観視することに等しかった。動物園がよい例だ。動物が人間に檻のなかで管理されているから。まとめると、量的、即ち数学的自然観、キリスト教の、自然を支配するという教えが自然科学を成立させたことになる。だからキリスト教が普及しているヨーロッパでしか起きなかったことになり、これは一六、一七世紀西欧・南欧での、世界史上画期的な出来事だった。

三月中旬、大学側から連絡があって、前期はすべて遠隔式授業と決定したと広大に伝えてきた。遠隔式にはオンライン、ZOOM、動画撮影による配信があると記されている。オンラインはコンセプトで、ZOOMは、そのツールのひとつである。信じられないがいまだアナログ派の広大は困惑の極みだ。とはいえ、教壇に立っての学生相手の授業は当分無理だろう。これは政府の通達にもよるが、個人的に考えてもそう思える。ウイルスは宙を舞い人体に付着して忍び込み、内部から崩壊へと導く。肌に発疹ができる病のほうがまだましかもしれない。みえる脅威のほうが安心できる。形を取らずに迫ってくるウイルスのなんと恐怖を呼び起こすことか。ワクチンの開発・発見にも至らず、さしたる治療法もみつからないことがもたらす底知れぬ不安と怯《おび》え。それよりも広大はどういう方途で授業を展開すればよいか。技量は充分なのに電子機器類の使用を嫌う、奇妙な微生物学者で未来学者でもある広大、さらに透析患者でもある広大……。

結局、広大と大学側双方の都合のよいときに誰もいない教室で独り講義をしてそれを動画に撮って配信することに決まった。定められた期限内で学生がそれを自分の自由な時間内で観て、質問や感想を「北摂大ＬＭＳ」という装置を介して送信してくる。広大がそれを検分して、必要ならば回答をする。このやり方だと透析者の広大が大学に足を運ぶだけでよいし、学生のいない教室でもカメラに向かっていつものように話をすればよい。ただ、学生の反応をはかることができず、一方通行の講義になる。職員が面白いことを言った。先生、ご自分の授業風景をお宅のパソコンでみることができますし、記念に保存も可能ですと。なるほど、広大はこの四半世紀教壇に立ちながら自分の講義姿を見聞したことは一度もない。よい機会だ。そして子供の頃、テープレコーダーに入れた自分の声を聴いたときの、あのなんとも言えない違和感を思い出した。これが自分の声かと耳を疑った。自分の耳で自分の声を聴いているその音声と録音機から流れてくる音声のかくも異なるものか。落胆したものだ。声についてはある程度自信がある。わりと甲高くよく通る声だ。隣の教室まで声が届くときがあるそうだ。同僚が授業後、そう言ったので広大は引け目を覚えた。一種の授業妨害だからだ。マイクを用いてもマイクに頼らずに喋るというのが流儀なのだが、それがアダとなるときがあるらしい。

教育実習で母校の高校で授業をしたときも経験済みだ。高校でマイクはもちろん用いないが、授業での声の大きさがいかに大切かを知っていた。ぼそぼそと呟《つぶや》くような発声では後ろの席の生徒まで声が届かず、どうしようもない。高校生のとき女性の教育実習の先生が教壇に立った折の声の慎ましさには閉口した。もっとよい意味で乱暴であってほしかった。聞き耳を立てなくてはならないようではそちらに神経を取られて学習に身が入らない。

教員稼業は難しいもので、声の音量、大きさ、話す速度、身振り手振りといったさまざまな要素の集積が問われる。俳優が役を演ずるより難度が高いかもしれない。情熱とともに知の伝達という要件が多くを占めているからだ。それと目線と言おうか、視線の持っていきようも大切な要件だ。学生たちの目をみて、いや見据えて語りかける。ひとりの学生に目を遣って授業の理解度をその目で確認してから全体に視線を流す。首を左右に振って正面だけに注意を払ってはいないことをあえて示す。これを政治家の演説から会得した。政治家は間の取り方が実にうまい。演説の内容でなくその所作に見習うべき点を多く見出した。何でも役に立つことならモノにする。こうでなくては教員稼業は務まらない。

初回の録画の日、カメラが回る前に、ホワイトボードに講義の要点を書いてから開始した。開口一番、こうした変形授業形態の実態を詫びてから、ＰＤＦの資料があるのでダウンロードしてからの聴講を要望した。あとは普段と変わりなく、学生がいようといまいとにかかわらず、無線マイクを握りホワイトボード上の要点を指し棒で示し、補足事項がある場合、書き加えながら進めた。だいたい時間配分の見当はからだが覚えているから、一コマ九〇分がどれほどのものかはわかっている。学生にとって九〇分まるまるの講義はけっこう辛い。教師とて同じだ。途中で脱線したり、間を取ったりしながらだから、正味七〇分くらいか。学部の学生向けの録画が終わると、休憩して大学院生の研究ゼミの録画を撮った。休憩も入れて合計二〇〇分。かなり疲労している。買い置いていたペットボトルに手を伸ばす。喉の渇きが激しく茶がどんどん体内に吸い込まれてゆく。その折の喉越しの心地よさ。ビールのコマーシャルでよくみかける一場面を広大は緑茶で実感している。口から零《こぼ》れる茶を手の甲で拭ってやっと一息つく。教卓に手を載せて肘を張る。肩に刺激が走る。

ほどよい頃に事務員がやってきてカメラを止めてくれる。本来なら広大がしなくてはならないのだが、無理を言って六階の教室までわざわざ出向いてもらっている。そろそろ自分の操作で開始して終了時の所作もこなさなくてはならない。事務員は広大ひとりを相手にしているわけではないのだから。お世話になりますと頭を下げて教壇を降り、カメラを外した若手の女性職員と教室を出、エレベーターへと向かう。館内はしんとしていて、学生の不在でこれほどまでに寂寥感に包まれるものかと心の底に染み入ってくる。床を踏む二人の足音の異様な鈍さ、それでもペタペタとは響く。学校、学舎というものは学生や教員で充たされてはじめてそれらしい趣を呈するものだとしみじみ感じる。空間の容積のほうが圧倒的に大きい。空っぽの教室で講義をしていたときとはべつの感覚にとらわれる。

廊下と二基ずつ向かい合ったエレベーターの間のがらんとした空間。ここはいつも到着待ちの学生が屯《たむろ》していて立錐の余地もない。その群れに交わるのが嫌で階段を使う教員もいる。二階や三階ならそれでもよいが、ここ六階ではその気力がわかない。階段は上りでは顎を出すが、下りでは脚の関節に予想以上の圧がかかる。広大のような運動不足を地でいっている男は昇りも下りも階段は避けている。エスカレーターとエレベーターの両方があれば、エスカレーターを優先する。それぞれの階の光景がみえるからだ。百貨店では決まってエスカレーターだ。乗っても歩くことはない。目に入ってくる景色を流し見するそのぼんやり感を至福に思う。エレベーターではこうはいかない。「三密」そのものの空間だから、いまどきは危険だ。

広大と女性職員は一階に降り立ち、事務室に行き、職員は録画がきちんとされているかどうかを確認する。その間、勧められた椅子に腰かけている広大は講義後に襲ってくる空虚感に支配されている。脱力感とも、虚脱感とも言ってもよいだろう。とにかく一仕事終えたあとの、おそらくみなに訪れるだろう種類の、己自身と周囲との齟《そ》齬《ご》だ。まわりがぐらぐらっと音を立てて崩れ落ちてゆく。こうした思いはコロナ禍での動画式講義を始めてから芽吹き出して、回を重ねるごとに大きな割合を占めるようになっている。このあと、また来週来ますと簡単な挨拶をして事務室、学舎を出るまでつきまとうむなしさ。帰宅してコーヒーを一杯喫《の》んでからソファーで脚を伸ばす。これが広大のくつろぎ方だ。

4　舌

「動画①」と出たのでそこをクリックした。すると一瞬ざわざわした音がして画面に波が立ち、それが収まるとぴんと皺が伸びたように画面上に広大の姿が映し出された。おはようございます。このようなご時世ですので、不本意ながらこうした動画配信の授業をせざるを得ません。みなさんの健康を考慮してのことですので、これから七月の半ばまでおつき合いください。動画を観終わって感想や疑問点がある場合には「掲示板」という欄がありますのでそこに書き入れ「ＬＭＳ」で送信してください。拝見して回答が必要な場合は返信します。掲示板は質問も回答もみなさん全員がみることができますので他の方がどういうことに疑念を持ち印象深かったかも調べてくださいね。

そう無線マイク片手に話している広大本人の姿は、すでに老境の域にあり猫背に近く、それにいちばん愕然としたのは話している最中に舌をペロリと出すことだった。これまで全く気づいていなかった点なのだが、口のなかで舌がくるりと翻るときもあり、思わず目を背けて動画を止めた。ああなんということだ。醜悪の一語に尽きる。これまで一〇年近く一〇〇名を超える（あるときは二〇〇名以上）の学生にたいして披露していた講義時の口許、口のなかの見苦しい実態。さらにホワイトボードに向き直ったときの頭髪の顕著な薄さ。禿げてはいないのがせめてもの救いだ。それにしてもこれが自分の実像なのか。迫りつつある「老い」、そして「老醜」。だが実態をつかめただけでも僥倖だ。どうしようもない現実を甘受して二回目からの動画撮影に臨まなくてはならない。カメラは正直で客観的だ。食言など通用しない。そのぶん、恐怖でもある。広大は両手で頭をおおい机につっ伏した。これはいけない。なんとかしなくては。さらに自分が下の歯をみせて喋る癖があると知った。下の歯の色には自信がない。歯科医と相談して早急にホワイトニングしてもらおうか。掛かりつけの歯科医に電話をかけるとホワイトニングは保険適用外だという。戸惑う自分がいたのと同時に、舌をペロリと出すあの見苦しさが忘れられない。

それは四〇年も昔のことだ。広大が草野日出子という女性とつき合い始めていた頃、彼女を自宅に送ろうと電車に乗ったとき、吊革に腕をゆだねた日出子が広大のほうを振り向いて舌をペロリと出してにらみつけたのだ。鬼の面に一変していた。目じりに皺を寄せて目が菱形に変形し、小鼻を膨らませた異形な面構えとなって、いーと言い放った。戦慄が走り、電車内の光景が瞬時にゆがんで溶けていくように思えた。苦い液が胃から這い上がってきた。日出子のなかの何がこのような舌出しをさせたのか。むろん自分がその責めを負うのは必須だろうが、そこにはじめて女の不可思議さを感得した。不可解さを超えてその深部の泥沼を垣間みた気がした。広大は次の停車駅で降りようかと思案したが、それも卑怯に思えてこの魑魅魍魎《ちみもうりょう》とした生き物をとにかく自宅に送り届けてもう縁を切る段取りをつけることにした。だが下車して自宅までの一五分間、広大は先刻の決意に反して日出子に舌の理由を問うていた。

日出子は立ち止まってから、通りに隣接する小公園に広大を引っ張ってゆくとベンチに座らせて口を開いた。あなたは全然女の気持ちがわかっていない。女は男がどんなに忙しくても嘘でもいいから女のために時間を割いて一緒にいてほしいものなの。

それをあなたは多忙だから一ヶ月に二度くらいしか逢えないなんてひどいわ。わたしを放っておく気なの？　もし女の扱いに慣れた別の男性がいたら、さみしいわたしはなびいてしまうわよ、いいの？　広大は本当に繁多であったからその旨を正直に伝えただけなのに、と反芻《はんすう》する。どうやら多端であっても時間を作って日出子に逢いにいこうとするその意気込みこそが大切で、女心をつかむようだ。

広大の眼前にさきほどの舌が去来する。日出子は左右の目尻を吊り上げた。鬼畜の面だった。恐怖心が走った。普段の日出子の静穏な態度を裏切るほどに予想外のことだった。女の性質《さが》の深淵を無理やりみせつけられた。黒々と渦巻く毒液にも似ていた。それは傍にいるかいないか、自分のために時間を使ってほしいか否かに集約される。少なくともそうした姿勢を相手にみせることが先決だ。日出子本人がかつて、女を扱うのは手間暇かかるわよと念を押すように言ったものだ。じつにそうだ。手を抜くとすぐにビンタの威力で跳ね返ってくる。今回、それがアッカンベーでなく、口をすぼめての舌出しだった。顔全体が縮むから小型爆弾を投げつけられた気分だ。衝動的に生きている。感情が昂《たかぶ》っての結果だと類推はできるが、電車のなか——それはないだろう。流行りの言葉で言うと「トラウマ」となってうずくだろう。ところでこれは舌を突き出した日出子も同様に疵《きず》を引きずるのではないか。いやそういうことはない。

無意識な感情表現に近い。女はしたたかなのだ。舌はV字型で突き出されていた。その谷間を胃液があふれ出てくるようだ。液体が飛んで広大の顔に触れたのかもしれない。それほどの威力をそこにみた。

公園の片隅のベンチで言いたいことを喋り切ったあと日出子は沈黙をした。緘黙《かんもく》に近い。広大は困惑のまま、藁《わら》をもつかむ気持ちだ。この状態では日出子とは終わってしまう。しかし、と考える。こうして肉体の一部を用いて感情を露わにする女はおそらく気の強い女で、これからの交際にずいぶんと難儀を覚えるのではないか。それならこれを機にこの公園でさようなら、お元気で、と言って別れたほうが、今後要らぬ神経をつかわずともよいのかもしれない。交際での心労ほど負担になるものはない。決してスムーズに行かないのが男女の仲だ。でもそれを未然に防ぐことはできる。まだ日出子に手を触れてはいない。肉の交わりを持つとさらに厄介になる。何事にも潮時というものがある。少し早目だが、いまがまさにそれだ。広大は金属の像にも似て凝り固まった日出子の傍らに立って、わかった、もういい、息災で、と故意に時代劇のような言葉を用いて立ち去ろうと一歩を踏み出した。すると日出子も立って広大の背中に抱きついてきた。何も言わず羽交い締めをするように力強く……。

広大は次の一歩を踏み出せずに戸惑った。日出子のこころのなかは嵐のようにさまざまな感情が往き来しているのだろう。いちいちそれを理解しようとしても時間の無駄だ。それほど暇ではないのだと広大はみずからに言いつけ、日出子を払いのけようと腰を振った。振り払ってさっさと帰って、もう二度と日出子には連絡を取らないと臍を固めた。広大は振り返って日出子の上体を起こし腕で突っぱね、踵《きびす》を返して早足で歩き出した。女の気持ちがわからない男だと言われても、それではいつまでも恋人なんかできないわねとののしられても構わない。たとえ衝動的でも舌でべぇーとすることがない異性を選ぼう。おそらくこの手の「舌出し女」は根っからの女に違いない。女の恰好や仕草をしていてさらに根本的に「雌《めす》」なのだ。こういう女は床でも乱れに乱れるだろう……厄介なものだ。自分のモノにすることの、いかに困難なことか。

新型コロナウイルスのまえで右往左往する人類に酷似している。男と女も「舌」という「感染」で、もろくも崩れる。みな肉体を持つ生身の生き物であるからには甘受するしかない。女のなかにも根本が「男」である者もいよう。そうした女は身振り手振りに男が顕われる。夜叉に譬えたらいいか。ある研究者の言によると、男女ともに生殖行為に及ぶのは双方が快楽を得るからだという。男は射精。女は絶頂、昇天か。この様態を持つ女とそうでない女がいて、おおかたの男は前者を好むに違いない。日出子はもちろん激しく「よがる」種類の女でこのとき雌になるのだろう。広大はそれに酔いしれいつくしむだろうが、本来的な女である日出子だから「舌」も自然と出る。男と女とはよくわからないものだ。ときに腕力が必要な折もある。日出子とは「舌」がお互いのしこりとなったのか、もう逢うことはないだろう。その後どうしているか知らない。だが、いまでも舌出し日出子が、広大の朝方の夢に顕われることがある。

5 身心脱落

陽子は看護学校卒業だからあまり文科系の知識はないが、知的好奇心は旺盛で、一方的に喋る私のよき聞き手になってくれる。このようなひとを理解力のあるひとと呼ぶのだろう。陽子がよく言うのに、わたしは看護学校を出ているから厚労省の管轄にあるの。これはきちんと認識しておくべきことよ。このことは広大さんにもきちんと言っておいてね。広大さんが厚労省関係のひとたちにどれだけ助けられてきたか。

コロナ禍で自宅での自粛を求められ、政府もメディアも「不要不急の外出はよしてください」と言ったが、広大の場合、「要・急」の外出が必要だ。週三回、人工透析に透析病院に通わなくてはならないからだ。「月・水・金」のクールと、「火・木・土」のクールのいずれかを選んで、病院で一回、個人差があるが四時間くらいの透析を受けなくては生命を維持できない。今般のコロナ禍では糖尿病のひとと同じく人工透析者も、基礎疾患を有する者の部類に配されている。感染にかかりやすいからだ。自粛の度合いも高い部類に区分けされている。「悪い空気」のなか、出かけなくてはならない身なのだ。所謂、身体障がい者であるから。

　人工透析者はしょせん機械によって生かされている。否定しがたい現実で、これを受容しなくては日々の生活は容易に成り立たない。広大はきちんとありのまま自分のからだを受け止めている。それもまず享受というより甘受から出発だ。受容という概念には、「快」と「苦」の二つがあって、透析の場合、ひとそれぞれで快か苦かが異なる。苦とみてしまうひとでまれに透析を受けず、というより住所不定にわが身をもってゆき（なぜなら透析病院では透析日に治療にやってこない患者をあくまで探すから）、たとえば気ままな「旅」に出たとしよう。保《も》って二週間だ。苦しいとき、助かる道があれば、病院に帰ってくる。病院から遠くはなれた場所にいてもあえぎあえぎしながらもどってくる。たまたま隣のベッドのひとがそうだった。看護師たちは怒りはせず、すぐに透析器につないだ。死の一歩手前まで来ていた。透析治療と「ともに」生きてゆく定めを覚悟しなければ生命は維持できない。透析治療から逃避することは命の存続をこばむことに等しい。医療従事者が噛んで含めて話しても、わからない者は苦汁を嘗《な》めるしかない。苦痛を知ってはじめて生きているありがたみがわかる。とてもシンプルなことだ。それだから、なおのこと、難しい。生命の核《コア》のなんと愛らしくいたいけないことか。人間は人工透析者に限らず、生命にたいしてこのような目を何度も向けて、ときには不幸にも死にいたる場合もある。死は、だから生命の変異にすぎない。ならば生は、神とか仏とかが孵化《ふか》したその瞬間に誕生するのだろう。あるいは腐敗から生まれるのかも。畑に腐敗である肥やしをまくと生成が起こるのと同じように。

最近もうひとつのことを広大は知った。それは病院のエントランスで高齢の、それも車椅子のひとたちやぼおっと椅子に座って送迎バスの到着を待っている老人たちを目の当たりにするにつけ、おそらく八〇歳を優に超えているひとびとから透析を奪えば、生きがいを奪取するに等しいのではないか、と思ってしまう。透析治療で週三回、病院に来て看護師や臨床工学技士と会話を交わすことを除いて、いったい自宅や施設で何をしたり考えたりしているのだろうか。ある看護師に尋ねてみたら、そうねえ、透析をなくしたら認知症になる恐れがあるわね。嫌な言い方だけど透析で「いのち」の洗濯をして医学的に生き延びて、患者や医療従事者と接して精神的に生き返るのね。

障がいを得たこと、それが生きる糧《かて》、生きがいとなって、一〇〇歳近くまで生きるひとが多いのも事実よ。でもよく考えてみると、透析を離れたら、生きがいより肉体がさきに死んでしまうってこともある。もともとは身心一如と書くが、いまは心身一如と記すことが多い。

広大もそう思う。もともとは身心一如と書くが、いまは心身一如と記すことが多い著名な言葉がある。些細な問題だがきわめて重要だ。死に瀕して意識はなくなる。意識は肉体に宿っているから、「身」が死への道筋をつける。広大は道元の『正法眼蔵』のなかにある「身心脱落」という言葉に惹かれている。ここでも「身」が上だ。「身心脱落」とはからだとこころが透明な融合体になることで、この境地こそが、この世の迷いや苦しみから解き放たれること、「解脱」の特質を端的に示す身心統御の状態をいう。とにかく広大も私も、「心」より「身」が上にある言葉を好んでいる。それはわが身を客観的でも主観的でもいいから観察し認識すれば一目瞭然だからだ。ここは嘘をつくが、からだは虚言を吐かない。

ある僧侶が言っていた――人間は物質的身体（肉体）に宿って生きているので、物質性（肉体性）という括《くく》りのなかで、魂（こころ）の自由はどうしても制限される、と。

私がイタリア再生期末の「自然魔力」に関心を寄せるのはこうした肉体と魂との兼ね合いの問いかけに端を発している。ここの自然とは西洋文明でのそれだから神によって創られた自然で、聖書を第一義的とすれば、二義的地位を与えられている。聖書こそが神の言葉で、自然はその神の言葉を受け止める受容体なのだ。

6　講話（1）

〈古代・中世・再生期〉と、聖職者はいざしらず、なべてひとびとは自然世界や物質世界に霊魂（ここは魂でもよいが、魂という言葉は日本的霊性に似合っている）が宿っていると信じていました。自然やそこに住む動植物にこの霊魂が棲みつき、それぞれの動きの原動力とみなされていたわけです。もうひとつ精気《スピリット》という目にみえない「能力《ポテンツァ》」の存在もあって、こちらは触媒のような働きをします。例えば、人間が生きているのは、「生命精気《スピリット・ヴィタール》」という息吹のおかげで、心臓に熱を与えて回転をも促していたと述べたひともいたくらいです。いまだ「サイエンス」に客観知、学知、学問という訳語しか与えられない時代に、「科学」という名の知に類する言葉はなく、その他の、いまで言う科学現象は「力」、あるいは「能力」と呼ばれていました。力は知識、自然魔力師は知識人の意味でした。その意味するところは「自然に対する知識のある者」であって、自然探究者のことになります。自然探究者の目的は、自然をあるがままにみつめて、自然がいかにして機能しているかを追究することで、その最終的段階は原動力となる霊魂《アニマ》の発見ということになります。でも、いまの世でも霊魂の実態はわからない。神の姿をみたことのないのと同様に。自然のメカニズムにきっと霊魂は深く関わっているのでしょう。自然魔力師はその把握のため、形而下の自然と形而上の宇宙をみつめ、その照応・対応に目配りをしました。惑星の運行の反映がこの世にも存在し、この地上の動きが天界に映し出されている、と。魔力師の役目はその両者を結ぶネットワークの働きを掌握することでした。

イングランドのある学者が、惑星の運行の規則性に鑑みて、人体のなかにもそうした規則性が存在すると予想して、心臓（太陽）を中心に血液（諸惑星）の循環を予想して、みごと的中したという有名な逸話が遺されています。世に言う「血液循環の法則」です。いまだ麻酔薬がなく、生きているひとを解剖できなかったご時世のことです。こうした推測には研究者的素養も必要ですが、そこからの「飛躍」のほうがよいときもあるんです。魔力が科学になろうとする時期に起こった発見ですが、たいていは力です。新規な知など、竹を割ったような性格は持っていないものなのです。必ず旧世代の残滓《ざんし》や端切れをたずさえている。その際には次のような発言をしてくれるひとが必要になる――これまで力と呼ばれていた現象の不可思議さが解明されるや、それは科学《シエンツァ》と呼ばれるようになり、いまだ不思議なままのものは従来どおり力と言われる、と。こうした自然現象に対する、段階的に堅固な動きがあって、近代自然科学の誕生をみた西欧世界は、宇宙に偏在する精気の掌握を一方で見据えながら、キリスト教という一神教を思想的背景として一七世紀前後に「新生革命」の達成をみるのです。何かの誕生のときには何らかの思想や精神的背景が要る。この場合はキリスト教でした。輝かしい出来事の誕生は知の積み重ねがあってはじめて可能となりますが、一方でこうした斬新さとは正反対の諸事があってこそ人類史上画期的な出来事が起こるものなのです。

ここで是非知ってほしいことは、ある古い体制（日本だと江戸時代の封建制）がもう保たなくなって新しい考え方や秩序が生まれるときには、それは人間の内面にまず生じて、それから外に顕われる、ということです。西欧での科学の誕生時には、科学の合理性をあたかも補完するかのような「非合理な悪行」である「欺瞞《ぎまん》狩り」の存在が必須でした。人間の世界は富があれば貧困が、正があれば悪が、それぞれ反対のものが相手を支えるかのように二つの事態が存在して、ようやく現実の現象となる。正義を求めれば求めるほど、いつの世にも悪のはびこりが絶えない。どの領域でもそうです。西欧では一六世紀中葉から一七世紀半ばまでの一〇〇年間——みようによっては善悪並行期、時代の転換期でした。いまの日本に置き換えてみると、ＡＩ（人工知能）による新情報革命といった前途ある文化とコロナ禍といった自然悪の共存が、特異な転換期を示している、つまり、新生革命と欺瞞狩りが補完的に同時に進行しているようにです。

川本幸民ノ生キタ時代モ移行期ダッタ　コノ優秀ナ人物、「近代日本化学ノ祖」ト称エラレル逸材ハナゼ因襲的ナ知ニ足ヲ捉エラレルコトガナカッタノカ　同時ニソレラヲ実感スルコトハナカッタノカ　モシカシタラソレハ漢籍ノ知ニ淵源ガアルノカマサニソウデアロウ　漢字文化ノ下デナケレバ阿蘭陀ノ言葉ノ翻訳ハ無理ダッタロウカラダ　幸民ニモシ信ズルモノガアッテソレガ一神教的ナモノダッタラ……

7 潮騒の子

広大からとつぜん電話がかかってきて、コロナにやられたという。いま病院で、症状は初期段階だそうだが、その苦しさは声の調子でわかる。独り者の俺だから死にいたっても佐倉夫婦には迷惑はかけない。一定の期間で完治するだろうから、そのときを待つしかない。困ったことになったな、で、透析はどうするんだ？　この病院には幸い透析の設備が整っていて助かっている。そうか、それはよかった。広大、コロナは甘くないぞ。スティ・ホームだ。どうして透析病院に入院しなかったんだ。他のひとたちに迷惑をかけるからだ。あの病院はコロナ指定病院ではないから。二週間もこでじっとしていればいいのじゃないかな、透析を受けつつ……。味覚障がいしか出ていないから……嗅覚までやられなければいいが。祈っていてくれ。大学にはもう連絡済みだ……また知らせるよ。わかった、待っている。

そうしたなか、私はひそかに三田市におもむいた。

充分注意しなくてはならないので、ものの本で読んだ感染対策用の服装にした。革の手袋をはめて、野球帽を目深にかぶり、手と頭皮からの感染をふせいだ。マスクももちろんだ。腰には小型の消毒液をぶら下げた。帽子はソフト帽にしようかと迷ったが、阪神ファンの私としては野球帽のほうが似合っていよう。

川本幸民の生まれたのは摂津の国、三田の足軽町、現在の三田町だ。いまは戸建ての民家が建っていて、静かな住宅街だ。その家の前に説明板が立っている。「近代日本化学の礎を築く」と大きな文字があって、その左下に「川本幸民」の名が大きく記されている。幸民に関する説明文は、その一生と業績（日本で初めてマッチの試作やビールの醸造、写真機を組立て銀板写真の撮影等を行ない、成功）が、また歴任した役職等々が銘記されている。街を散策すると、すれ違うわずかなひとはみな物珍し気に私をみつめて去ってゆく。それもそのはず、野球帽に革手袋の怪しげな高齢者はこの平穏な町にそぐわない異端者と映るのだろうから。

ところで町のどこからかはわからぬが潮の匂いがする。この山地に展《ひら》けた城下町になぜか、と不思議に思うが、この芳香はこの土地の歴史が醸し出す町の香りといったものではないだろうか。三田を治めていたのが、信長・秀吉時代に活躍した志摩の尾《お》鷲《わせ》に根拠地を置く九鬼《くき》水軍だったからだ。九鬼水軍は関ヶ原の戦いで東軍についた九鬼守隆の死後、御家騒動で幕府の調停を経て、本家が摂津国三田（九鬼久隆、三万六千石）、兄隆季が丹波国綾部二万石に改易になって、幕末まで続いた。一水軍が当時の権力者のいずれの配下になるかならないかという判断で、最終的に明治維新後、子爵の地位まで得るのだから、九鬼一族は一族の行く末を見抜く目を、筒眼鏡で海上を探索する眼力と同じく、当初より所有していたに違いない。

その先見性のある藩士の子として、幸民は一八一〇年、七人兄弟の末っ子（三男）として生まれた。父の周安は藩医で、幸民が九歳のとき死去している。その同じ年、幸民、幼名敬蔵は藩校の造士館に入学した。江戸時代の正規の学問と言えば儒学や漢籍の講読で、敬蔵もおおかたの方針にしたがって、漢学を学んだ。

江戸時代の学問の構図は、「和魂漢才」と呼ばれている。日本人の大和魂を核として中国の儒学の知見を身につける、というのが国是で、この枠組みのなかに蘭学などなかなか入り込む余地はなかった。だが開明的な八代将軍吉宗の時代、将軍はオランダ語の研究を奨励した。ある言語を研究するには手始めとしてその国の辞書を作るが必須だろう。この分野では青木昆陽が秀でていて、『和蘭文訳』（一七五八年）に結実する。もうひとつはひとびとの健康を守る薬の研究（本草学）の充実だ。吉宗はこれを野呂元丈《げんじょう》に任せた。元丈は江戸出府のときの通詞にオランダ語を学んで、五七歳のときに『阿蘭陀本草和解《わげ》』八冊（一七五〇年）という大著にまとめた。これで蘭学、オランダ研究が社会的に認められ、時をおかずして全国にひろまってゆく。

しかし当時の日本人でヨーロッパ人を実際にみたひとはごくわずかで、偏狭なものの見方をするひとたちは「鬼の変種」と、悪口をたたいたという。鎖国で日本国内の文化は円塾していたが〔近年、「鎖国」という概念は使用せず、対馬・薩摩などの「四つの口」から文化を移入したという説が一般的である〕、その反面、外の世界への無知や謂《いわ》れなき反感がはびこっていた。スペイン、ポルトガル人を南蛮人と呼び、赤みがかかった髪をしているとして、オランダ人、イギリス人を紅毛人と呼び、ひたすら悪魔的存在ともみなした。特に唯一門戸《もんこ》を開いていたオランダ人への偏見は強かった。まずは異様な風貌、次に中国の学問に通じていないことが原因として挙げられる。「おらんだ（阿蘭陀）」とは「風変わりなもの」の意味だ。『解体新書』の刊行は『阿蘭陀本草和解』のおよそ四半世紀あとのことである。江戸中期の前半を治めた吉宗の刷新的政策の下、洋書への関心は高まったが、次代の家重、家治は将軍としてそれほど突出した業績を遺していない。

九鬼一族の出自が志摩であり、川本敬蔵（幸民）が際立って優秀な人材であったこと、それを知った一〇代藩主九鬼隆国が、元服まえの幸民を召し出した。畳に額をすりつけている自分の頭の上を殿さまの涼やかな声が走り抜けていく。「潮騒の子」と敬蔵の耳ははっきりと聞き取った。九鬼一族の出身地である志摩の海辺に漂う風に託した名だ。藩校の造士館での物覚えのよさといったら右に出る者がなく、師にたいへんよくかわいがられ、ついに勉学を深めるため、播磨国加東群の医師村上良八の「村上塾」に入門した。一七歳のときだ。学んだのは漢方である。地方ゆえに、いまだ、中国から伝わった医術を用いて病を診る者が多勢を占めていた。だが不思議なことにこの塾には『解体新書』が置いてあった。先生、この本はあの……。そうだ実にその通りだ。興味があったら読んでみなさい。この師の許しで敬蔵は『解体新書』を目にし、西洋医学の解剖学の正確さに目を見張ることとなる。

敬蔵は、蘭方はもとより西洋の学問を学びたいと強い気概を抱いた。蘭学が認知されているとはいえ、徳川期の国の知、精神のあり方は、中国の学問を高邁な学問として日本人はそれを全うすることで精神的美徳を身につけ、魂の遺産とすることが第一義だった。だからこのような「定め」に蘭学の入り込む余地などなく、不足分は中華から補足するか、よほどの覚悟を抱いて中国かオランダのいずれか一方を選ぶしかなかった。そうしたなか、「蛮学」から「蛮」の文字が消えてようやく「蘭学」へと評価を得た時期に敬蔵は頭角を顕わし、一九歳のとき、藩主九鬼隆国に見出され、江戸参勤の折、勤番の兄周篤とともに江戸に同行した。

敬蔵はまさに青雲の志に燃えていたであろう。三田から大坂などの上方の文化を離れて、幕末近くでの江戸行きは若い敬蔵にとっては「潮騒の子」をやっと離れて異文化への挑戦でもあったはずだ。時節は初夏、歩を重ねるたびに汗が額を濡らし、はるか遠くの東の空からわきたつ雲に勇武の心を得るように、胸が高鳴ったことだろう。隆国という君主は、世に「中興の祖」という名君がよく顕われるのとは違って、「後興の祖」と言えよう。隆国の隠居後、隆徳、精隆、隆義と続く。隆義が三田九鬼家の最後の藩主で明治を迎え、子爵の爵位を賜っている。隆国のあと三代で維新なのだ。以後、藩主としての九鬼家はなくなるが一族は存続する。福知山盆地の綾部九鬼家から養子を取らなければならない時期もあって、徳川家はじめ、お家存続のために男子の存在がどれほど貴重かがわかる。

山に囲まれた潮騒の子がはじめて港都に出向くことになって、この抜擢は藩をわかせた。江戸は風の町で、三田にくらべて広さも比較にならないほどで、河川や堀も縦横に行きかい、いまの私たちの知る、巣鴨、渋谷などはまだ草深い田舎だった。敬蔵は持ち前の好奇心から江戸散策を愉しんだが、そのうち兄が急逝した。川本家を継ぐのが自分になった。本格的に医師になる勉強をしなくてはならない。二〇歳のときオランダ医学を修めるために医師足立長雋《ちょうしゅん》主宰の足立塾に入門するが、優秀なためさらに上級の坪井信道の蘭学塾、安懐堂に推されて、蘭学を学ぶ。入門後、同年配の緒方洪庵が続いて加わり、二人は肝胆相照らす仲となる。二人の関わりは所謂「切磋琢磨」という熟語で表現できるだろう。

8 『解体新書』

私の流儀として、書き終えた原稿はいつも妻に読んでもらっている。岡目八目で、第三者の目に触れることは得難い成果をもたらすものだからである。読みやすかったわ。もう蘭学の時代到来なのね。そうだな。わたしね、これを読んでいろいろ訊きたかった。なぜ『解体新書』の翻訳者として前野良沢の名前がなかったわけ？　杉田玄白は清書係で、オランダ語を理解できたのは前野良沢だけだったんじゃないの？　さすが看護師、目のつけどころが鋭い。おそらく長いあいだ疑問に思っていたのだろう。『解体新書』ときたね。これは難問だ。文藝春秋という出版社を設立した菊池寛という作家を知ってる？　芥川賞と直木賞を設けて、文壇の大御所と言われたんだが。二つの賞は知っているけど、その創設者は知らないわ。そうだろうな、陽子の年代では。彼はね、大衆小説の生みの親と言ってもいいけどね、前半生は優れた短編作家でね、文学史的には「テーマ小説」の書き手と呼ばれている。簡単に言えば、テーマがはっきりしているんだな。そのなかに「蘭学事始」という傑作がある。前野良沢と杉田玄白の二人の個性や翻訳にたいする姿勢を浮き彫りにしていて、はっとさせられる。見事と言っていい。

当初二人はソリが合わなかったんだが、翻訳に取り組むうちにだんだん壁がなくなってきてね、協力して翻訳作業に従事するようになった。それで予想外に早く出版できたのね。でもたいへんな苦労をしている。それでね、ある程度、世間に役に立つ翻訳書になった時点で杉田玄白は出版すべきだと良沢に刊行を促したんだな。だって出版されれば、多くの医家（蘭医）が助かるし、それはとりもなおさず病人のためにもなるからね。それはそうね。だけど良沢は違った考えを持っていた。彼は所謂完全主義者でね、中途半端な翻訳書など、みせかけの善にすぎないと、翻訳し切ってからの出版を主張して譲らなかった。名前を載せるのをやめた理由はそこにある。民の便宜を第一に意図した玄白と、あえて言えば、学術的成果を重視した良沢の態度の違い、ということになる。わたしたちにはどちらがいいのかしら？　さあね。ひとそれぞれでないかな。

『解体新書』が世に出たので蘭学の地位は固まったが、儒学者たちが反発したのは言うまでもない。こういうときに儒者側からの批判に対抗できるのは、玄白の弟子筋ではなく良沢の側だ。わかるかい、そのわけ？　さあ？　陽子は首をひねった。いい？

良沢はものの原理まで探求しなくてはすまない学者だった。そこが利便性を第一とする玄白とは違う。良沢の弟子に大槻玄沢という優れた人物がいて、『蘭学階梯』という本のなかでこう言っている。要旨を述べよう。「蘭学が盛んになってきた昨今、儒学者たちは蛮夷の説はしりぞけよ、というが、その根拠を知りたい。なぜなら蘭学も儒学同様完璧ではない。ただわれわれが蘭学のすぐれた点に学んだからといって非難されることにはならない。蘭学にも長所短所があって、それを議論せずに、旧習に媚びているのは愚かで笑うべきことではないか」とね。

これはね、良沢の思考方法を受け継いでいて、ものの本質まで見究めてからはじめて議論ができるという姿勢を玄沢も抱いていることだよ。科学的な視線を感じるね。そっか、新規のことには二種類あるのね。その釣り合いをどう取るか、が課題なのね。あとでシーボルトの話も出てくると思うから、利便性重視と原理原則尊重のこと、覚えていてほしい。わかったわ。それであなた、幸民はどちらの立場だと考えているの？　やっと幸民にきたね。これはこれからの課題だけど、予想では両方、併せ持った逸材だったと……。まだ幸民の青年時代しかまとまっていないけど、親友の緒方洪庵と違って長崎留学はしていないんだ。その洪庵もシーボルトが帰国したあと、ニーマンという医師について学んでいる。それなのに、大坂で適塾を開いて全国の、学問に熱意のある青年の結集に成功している。ここらへんが幸民と違う。その差の片鱗をこれから解き明かしていくつもりだよ。

9 講話（2）――「自然は病に充ちている」

「専門分野」と言うにはおこがましいが、私が学部で学んだ事柄や、その後広大の感化もあって読み漁《あさ》った本の内容を、二度目になるが、ここでまとめておこう。この話は陽子とつき合い始めた頃、陽子のほうから物珍し気に尋ねてきたもので、一気に喋ったのではなく、切れ切れにその都度話題を決めて話したものだ。それをある日、陽子が奇麗に、そして的確に整理して私に語った。私は聞き惚れたものだ。だからコロナの話は途中まで陽子のまとめだ。

〈再生期〉も後期から末期に入ると、医学や数学が発達してくるし天文学もそうでした。ご存じコペルニクス（一四七三―一五四三年）が代表格でしょうか。再生期の文化は「世界と人間の発見」と言われています。具体的に述べると、世界の場合は、コロンブス（一四五一―一五〇六年）の新大陸の発見が大航海時代（地理上の発見）の先駆となり、一六世紀に入ると、マゼラン（一四八〇？―一五二一年）が世界一周の船旅に出ました。マゼランは途中フィリピンで原地の人に殺されますが、無事帰ってきた乗組員によって地球が丸いことが証明されます。こんどは天上界に目を向けてみましょう。コペルニクスの『天球回転論』（一五四三年）によって太陽中心説（地動説）が登場して、太陽系が秩序立てて論じられました。そして筒眼鏡（望遠鏡）を用いたガリレイによって宇宙のさまざまな現象の発見へとつながりました。月が地球と同じで、神のお住まいではないということまでわかってしまいます。

「人間の発見」のほうはもっと複雑な道をたどりますが、夫が最初に出会った再生期の人が、ジェローラモ・カルダーノ（一五〇一―七六年）という医師であり数学者でした。一六世紀を生きた、現在の尺度では奇人変人の部類に区分けされるひとです。医師としては尿と梅毒の優れた研究者で、数学者としては三次方程式の解法を、発見したのでなく発見者から聞き取って公表した人物で、発見者との間で一悶着起こした厄介なひとでした。このカルダーノさん、死ぬ一年前に自伝を遺しました。それが現代からみるとまことに奇妙奇天烈な自伝なのです。ある縁でその自伝を翻訳する機会に夫が恵まれました。それが夫の「再生期」との出会いとなったわけです。全五四章仕立てですが、三六章に「遺言」を置いていて、前半は具体的内容。それにたいして、後半は常人には理解不可能な内容で占められています。例えば「五つの天性による救い」「わたしの守護霊」「医学とほかの分野の予見能力」「不名誉とそれが夢のなかで占める位置」「超自然的な事柄について」などなど。カルダーノの凄い点は、医者として、持ち前の科学的な客観的姿勢をくずさず、現象について「ありのままに」記述していることで、あり得ないと思える事態でも、そのあり得なさを正確に描き切っている客観描写の冴えです。夫はこの自伝を翻訳してみて再生期というのが容易ならない時代だと悟らされた、と溜息をつきました。

つまり文化的に「新旧」が混然一体としている錯綜の時代であること。「ありのままに」対象を映し出していること。そしてこの自伝でいちばん印象に残った文言が「自然は病に充ちている」だった、ということでした。自然を凝視し、その発言の根拠として、自然のなかには隠れた理法が存在していて、その神秘をさぐるほど充たされた幸福な心地になることはない、と行間から読み取れる。それは宇宙の神秘とも照応・対応している。自然はその外でも裡《うち》でも病に充ちているのだ、と。目から鱗が落ちたようだったそうです。この話を聞いたときのわたしも斬新な感覚を得て、背筋を戦慄が走ったものです。特にわたしは医療従事者でしたから、頭はすぐコロナ禍に向き合っていました。大気もウィルスに充ちている、と。夫にとってこうした歴史的人物に出会えたことは僥倖で、その後の南イタリアの同類の自然哲学者についての読書の一助となったそうです。大切なのは、自然の裡に隠された理法、霊魂が存在しているという確固たる信念です。当時のひとたちが自然をどう捉えていたか、それへの近道です。自然のなかに法則とか理法があるということは当然、自然が生きていることを意味します。自然はわたしたち人間と同じく呼吸していて、だから病にもかかる。病を得ること自体、生きている証拠なのです。

ここからカルダーノは自然の「中身」を重視している。自然を「数」とみてない、と言えます。夫が話すには、花をめでるとき、葉の肌ざわりや花の匂い、そしてどんな色かがもっとも大切で、あと味覚などへと続く。「数」だと、花の背丈、葉の枚数など「数える」分野になります。人間に譬えてみると、肉体の内部の病気については内科医の仕事で、外部の傷の手当ては外科医の仕事です。外科が従軍医師を祖と仰いでいるのにたいし、内科は錬金術を必要としました。錬金術は東方の知の世界が生んだもので、生きとし生けるもの、もちろん無機物も加えて、みなに霊魂が宿るという「生気論」の立場を取ります。カルダーノの文言はここまで敷衍《ふえん》できます。

さて、ここまで陽子に話したとき、質問があった。あのね、「自然は病に充ちている」という言葉はなるほどと思えるけど、それじゃ、自然が悪に思えない？　病は悪よね。なら自然って悪なの？　私は虚をつかれた。思ってもいないことだった。性善説ではないけど、「自然は病に充ちている」を取り出しても陽子の言う「悪」を実感していなかったのだ。「病」――なるほど「悪」だ。だけど、そこまで気がつかなかった私のほうこそ愚かだ。再生期とは「世界と人間の発見」のなかの「世界」には地理上の発見もあろうが、「自然」の発見・探究もある。カルダーノは医師だから、「悪」とみなしたのか。『自伝』にはさまざまな病が列挙されている。病気の探究者ゆえの立論か。自然のなかに霊魂をみるのなら、自然界に蔓延し、あるいは外から忍び寄ってくる疫病の類もあろう。

今日の新型コロナウイルスが好例だ。おそらくカルダーノは広く自然をみつめて、「病に充ちている」と提言したのに違いない。彼は一三四八年来、四、五年おきに欧州を襲ったペストを体験している。ちょっと皮肉っぽく、当時イタリア戦争（一四九四―一五九九年）で北イタリアは荒廃に帰していたから、疫病で死ぬひとたちは稀だった、とどこかの章で述べている。善良な霊魂と悪質な霊魂が自然の裡に隠れている。ひとは善良な霊魂を探し求めつつも、悪質な霊魂に侵されて死んでゆく。陽子、いいことに気がついてくれたな。私は良質な霊魂のほうにばかり目を向けていた……。表があれば裏もある、ということだな。善と悪とでも。再生期を生きたひとたちは、とりわけ「悪」の原因や実体をつかめないから、日本での加持祈禱でも似たようなことをしたのでしょうね、きっと、と陽子。そうかもしれない、わからないということほど怖いことはないからね。飛躍すれば、神のみぞ知るの境地にでもならなくちゃ生きていられない。そして善と悪のある自然こそが生きている自然、ということね、おそらく。そう思うよ。

ここで広大の身になってみた。彼が透析でいちばんに感得したことは、血液が人工腎臓《ダイア・ライザー》で濾過されて全身を巡り、また体内にもどってくるとき、全身が裏返ったような気分がわくそうだ。血液の循環が広大というからだを洗浄しつつも、どこかはるか遠い星の世界から透明化された広大をひっくり返してみる「者」が確かに存在する。それをその背後からみている自分の存在もある。毎回の透析でこうなるのではないが、ふと気づけばそういうふうに浮いている広大がいる。浮遊しているのに実存している。曖昧な広大がれっきとして宙《そら》にいるのだ。透析患者などもともと生命を曖昧模糊として受容しているのにそれに気づかない、内部疾患で、自分でわが身の内部をのぞけない。それは内部から疼痛や疝痛《せんつう》を感じ得ないと同じなのだ。広大の肉体は悪質な霊魂に襲われてしまった。肉をそぎ落としていくと、そこには悪なる霊魂が潜んでほくそえんでいる。もう臓器が機能不全なのだから、その霊魂も苦笑しながらやっと息をしていることだろう。このさき、いったいどうなるのか。広大は「生命」を保てるのか？

10　お菊

安懐堂は成績によって級別になっており、川本敬蔵（幸民）も緒方洪庵も最上級の組にすぐになった。塾頭と同位同等である。足立塾ではオランダ医学の修得に努めたが、深川三好町にある安懐堂では医学にかぎらず広くヨーロッパの学問・文化、しかしキリスト教を除いた文化の学習が対象で、それをオランダ語の書物の翻訳を介してもろもろの知識を会得する。洪庵は近代日本の医学の祖となるが、幸民は蘭医であるけれども医学よりも化学その他の分野での活躍が目立った。それは安懐堂の位置する深川という場所のせいでもあった。当時、本所、深川、下谷《したや》の三地域は江戸の下町で、あの忠臣蔵の吉良上野介の屋敷も本所松坂町にて改築され、そこを赤穂の浪士たちが討ち入っているが、吉良はこの下町の屋敷をあまり好んでいなかったという。

ここでもともと酒好きだった敬蔵は出会い茶屋遊びにはまり込んだ。相手の女の名はお菊といった。本名でないことははっきりしているが、二〇歳を超えた敬蔵にはからだにたまったものを吐き出す相手がほしかった。お菊でもお夏でもだれでも構わなかったが、そのなかでお菊の肌がいちばん性に合った。水で洗い流したような肌ではない。どちらかと言えば浅黒い。それが敬蔵の気を惹いた。ある晩、敬蔵は、出会い茶屋で一夜をともにした。敬蔵は菊にまたがって前後にからだを動かした。するとその振動が、部屋の隅にある建てつけの悪い箪笥《たんす》の取っ手に伝わって、取っ手が一斉に鳴り響いた。思いもかけない音の歓待に萎え果てて、外れてしまった。お菊は笑った。敬蔵もつられた。まいったものよ。こんなことでしなびた茄子《なすび》のようになるとは。繊細ね、この営みって。ああそうだ、全く以てだらしがない。敬蔵とお菊はこうしたお笑い沙汰を繰り返しながら、気持ちのほうものっぴきならぬように深まっていった。

そこへ持ってきて藩主隆国公から三田への一時の帰国を命ぜられ、帰国すると父と同じく藩医の地位についた。わずか二四歳のときだ。江戸に残してきたお菊の肌の随所が残像となって瞼《まぶた》に浮かんで、狂おしい。惚れ合った二人だ。これも隆国公に目をかけられて破格の遊学費を頂戴していたからこそできた、出会い茶屋遊びだった。でも遊びが本当になるとは予想すらしていなかった。勉学よりも女のほうによほど吸引力がある。三田への帰国命令でかえって幸民は救われたのだ。

お菊とよく連れ立っておもむいたのは富岡八幡宮だった。広大な境内を、二人は下駄をつっかけカラコロカラコロと音を立てて歩いた。江戸時代の初期に造られたという八幡さまのご利益が何であるかわからないが、掌を合わせることが大切だと敬蔵はお菊に言った。深川の門前仲町近くもいつもひとであふれかえっていたが、こうした賑わいの奥底で幸民の脳裡に宿るのは、三田の実家の、開かずの間と呼ばれる一室のことだ。殷賑《いんしん》さのなかで、そのしんと静まり返った一室を想い浮かべた。たいして厚くて大きな木の扉でもないが、厳重に鍵のかかった岩壁のようなたたずまいをいつもみせつけていた。開かずの間にもし忍び込んだら、尻をぶたれるほどの仕置きを受けるのではないか。母に尋ねたら、口に人差し指を当ててシィッと空気を吐いた。乳の匂いがした。幼い敬蔵はぴんときた。部屋のなかには母のような者がいるのではないか。それはきわめて大事に保護されていて、何人も手の触れ得ない聖なるものなのではないか。この感覚はずっとあとまで尾を引いて、ときに敬蔵のこころを苛《さいな》み、ときとして慰めてくれた。敬蔵にとって背後霊とも守護霊とも取れた。背後霊だと憑依の印象だが、守護霊だと神か御仏からの善き使い手だ。だが、いずれかは決めかねる。

このように空想に耽って歩む敬蔵をみるのが、お菊には愉しかった。このひとは自分と異なる世界で生きている。三田に帰ってしまうのも、なぜか当然だと感じた。疾《と》うからそういうひとだし、そうした日が来ると予感はしていた。寂しくなるけど悲しくはならなかった。

11 浦賀

二四歳で坪井信道の塾を卒業し、隆国公にしたがって敬蔵は三田に帰省したが、その後も京都や大坂方面の名のある医師を訪ねて研鑽に励んだ。隆国公から藩医になるよう命じられ、二四歳で藩医の座についたが、藩医とは言ってもまだまだ修業が足りない、と敬蔵は思っていたに違いない。しかし志は大きく、幼名の「敬蔵」を「民を幸せに」という思いを込めて「幸民」と改名した。そして帰省した翌年には、「藩医」としての身分のまま、江戸におもむいて開業医となった。このころ幸民は、丹波篠山藩の青山家の家臣で江戸に屋敷を構えている、蘭学者青地林宗の三女である秀子と結婚した（四女宮子は高野長英に嫁いだ。敬蔵と長英は義兄弟である）。この女性、幸民が以前学んだ坪井信道の義妹でもあった。佳い血筋の婚姻だったとみてよい。医師としてもっともよかったことは、青地一門のひとりに取り立ててもらったことだろう。医業も繁盛して前途洋々にみえた。だが、何人《なんぴと》にも短所があるように幸民のそれは大酒呑みという点にあった。塾の同輩の緒方洪庵も幸民が酒好きであることを認めているが、それでも勉学熱心な幸民を学業で抜けなかったと述べている。

酒で人生が狂わされるひとは多い。一定量を超えると前後の見境がつかなくなり、呑みながら取った行動を翌日には忘れてしまうという醜態をさらけ出す者たちもいる。順風満帆で船出した幸民と秀子だったが、その酒で幸民が小さなその仕合わせを破ってしまった。酒席での藩の同僚との諍《いさか》いが原因で刃傷沙汰を起こしたのだ。幸民は家族ともどもはじめは江戸で三ヶ月、次に浦賀の廻船問屋小川家で蟄居《ちっきょ》生活を余儀なくさせられ、その年数は都合六年に及んだ。この刃傷沙汰の真の理由はいまだ公にはわかっていないが、酒の上のことだから、喧嘩両成敗といったところが良策だろうが、傷つけたのがおそらく幸民のほうだったのだろう。相手と酒を酌《く》み交わしているうちに幸民を贔屓《ひいき》する隆国公への恨み辛みを吐き出した同僚の言辞が幸民の心をいたく傷つける何かが起こったのではないか。学究肌の幸民だが、口よりも早く刀を抜いてしまった。剣術家としての幸民の力量は知らないが、酒の勢いが、たとえヘボ剣士でも力を助長させた。相手が同輩でも、これではさきに抜こうがあとで抜こうが責めを負うのは幸民に違いない。浦賀での長期間の蟄居は幸民に何をもたらしたのだろうか。この間に今後の幸民の活躍のひそやかな原動力があったのだろうと私は半ば確信している。蟄居先の廻船問屋小川家では離れを幸民たちの住まいとして用意してくれた。

ついい最近だが、このコロナ禍での明るい話題として、浦賀蟄居の際の幸民の妻秀子の「手記」がみつかった。蟄居所と言っても生活に支障のないほどの間取りがあり、幸民の書斎もあったという。秀子は――おそらく彼女も手すきであったのだろう――江戸で長男を、浦賀で次男を産んでいるが、育児も面倒がらず、むしろ手際よくこなす女性だったらしく、次に掲げる夫の観察記とも思《おぼ》しい手記を遺してくれた。近年、幸民への関心が高まり、浦賀の蟄居所跡の調査が始まったそのとき、秀子が使っていたと思える部屋の押入れの奥の小さな箪笥のいちばん下の抽斗にまるめて押し込まれていた。貴重な発見と言えるもので、蟄居が解かれて江戸にもどる際に置いていったのか。その理由は中身を読むとだんだんわかってくる。その内容が幕府や藩にもれたらたいへん危険なものだったから。

以下、江戸後期の言葉遣いで、それも女性の文章だが、できるだけ現代文に近づけて全訳してみる。表題は「心づくし」とある。ある程度高級な和綴《わと》じの一書の形を取っている。

12 「心づくし」

心づくし

（引用者注――原文では「旦那さま」だが、ここでは「夫」と記すことにする）

夫の幸民はよほどお酒が好きなのでしょう。刃傷沙汰で蟄居を言いわたされているのに、晩酌はわかりもしますが、朝からも平然としてお酒にご執心です。気持ちのよい朝の空気のなかにお酒の、わたしにとっては異臭がたちこめるわけで、耐えられないのです。お銚子二本を軽くあけて、じゃ、メシにするか、といった具合です。差し向かいで食するというのがわが家の習いですが、わたしは夫にはわるいですが、ずっと下を向いたまま、悪臭をさけての朝餉《あさげ》です。これがよいとは決して思っていませんが、嫌なものは断じて嫌だ、という生来の性格にしたがっているにすぎません。夫が反省をしているかどうかが問題ですが、変な言い方をすると、蟄居をいいことに開き直っているのでは、とも思います。それでも朝餉を終えますと、普段着から書斎用と、自分で決めていると思われる衣服に着替えて、ごほんとひとつ咳をすると、まるで神社仏閣に参るような厳粛な気構えで、狭い書斎に入ってゆき、ぴしゃりと襖を閉めます。それは蟄居前の藩医の時代にお城に上るときと同じであったのではないか、と推察されます。気持ちの切り替えが早くて、そこが仕事の速さや馬力につながっていくのではないか、と女のわたしの邪推かもしれませんが、そう思えてならないのです。

書斎の中を覗いたことはありませんが、夕餉どきにわたしにオランダ語の単語の意味を教えてくれました。父の青地林宗もオランダ語に精通していて、わたしたち子供の前で自慢げに口に出していました。夫は父から多少とも手ほどきを受けているだろうと勘ぐって、二言三言、オランダ語の音を出すのです。もちろん右から左へです。もともと知識をひけらかす父に反発していたわたしですから、夫にもそうした性癖があるのかと感じると、食事も喉を通らないことが多々ありました。でもそうしたわたしの屈託を解いてくれたのは、夫婦《めおと》の事《こと》でした。夫の手は一日おきにわたしの胸や下腹に触れてきて、その心地よさに、夫の飲酒の煩わしさも消え去るのでした。夫婦の事が生み出す力と言うか、熱量と言いましょうか、祝言を挙げて以来ずっと、わたしの身心を支え、子供まで授けてくれて、ありがたいと感じ入っているところです。こうなると夫婦という組み合わせ、存在の意味がわかってきて、夫の飲酒をだんだん許せるようになっていったのでした。

ある日、わたしは差し出がましいですが、と断った上で、毎日書斎で何を勉強されているのですか、と尋ねたことがありました。夫は目を白黒させながらも、嬉しかったようで、オランダ語を深めている、深めるには大和言葉に移すことがいちばん手っ取り早い、と言いました。夫の食事時の話によると、翻訳は医学書のみならず、幾多の分野の本にわたっている。とにかく多方面のオランダ語に接して学びを深めていかなくては、わしは満足感を得られないのだよ。おそらく貪欲という表現が正鵠《せいこく》を射ていると思うのですが、夫の読書の範囲が広くて、わたしにはちんぷんかんぷんです。それでもこの蟄居の狭い離れで唯一、陽光《ひ》の差す南東の部屋で、勉学に励む夫の胸裡に去来するものは何か。遠い三田の城下町か。青雲の志を抱きながら江戸へと向かったときに抱いた夢か。わたしにはわかりませんが、いまの苦しい生活など思いもよらなかったことでしょう。夫はめったに私事を語るひとではありませんでしたが、三田の実家のある部屋のことを、さも不可思議な口調で語ったことがあります。そこは開かずの間と言われているが、夫によると乳の香りが中から漂ってくるのだそうです。それと似た匂いのする――べつに書物それじたいから漂ってくるわけではないが――古書をみつけたというのです。夫は日本語に訳したものをわたしのまえに持ってきて、この内容は他言無用で頼む、と懇願しました。

藩の前身が水軍の一族であったということで、ご禁制のキリシタン本が積み荷にまぎれ込みやすかった、とわしは考えている。幕府はキリシタン以外の文物の輸入は許可したが、入ってくるもののなかには決まってご禁制の風趣が潜んでいて、関ヶ原の戦い以後もキリスト教徒がある程度残っていたとわしは亡父から聞いている。それがどうかしたのですかと問うと、その教えが詰まっている教書を聖書と言って、いまわしが使っている部屋の棚に打ち棄てられるように転がっていたんだと言います。夫はもともと頬がくぼんだ顔なのに、それが不思議と浮き出てきて、いつになく光り輝き出したのです。息も荒くなって矢継ぎ早にしゃべり始めました。聞き取れないくらいの速さです。なんでも、デウスという「神」は日本にもたくさんいて、ご自分に似せてわたしたち人間を創り、その人間の支配下に獣や鳥や魚をお創りになった。まあ、そのようなことを。そうだ、そしてこの世をお創りになったのも神だというのだよ。へえ、すごいお方がおいでだったこと。秀子もそう思うかね。はい、わたしたちの考えとは違う、ということくらいわかりますもの。訳してみたんでちょっと読んでみようか。聖書のなかの文面ではなく、折りたたんで本に差し込まれていた一葉だ。いいかね。はい。

この世界の創り手である全知全能の神を信じ候。神のひとりの子、人間の主、イエス・キリストを信じ候。主は聖霊によって宿り、生娘マリアから生まれ、ポンティオ・ピラトの下で苦渋し、磔《はりつけ》獄門にて死去し、埋葬されて冥府に下り、三日目に死者のうちから復活し、天に昇り、全能の父であられる神の右の座につき給い、生者と死者を裁かれんためにこの地に来たれり。

聖霊を信じ、聖なる普遍の教会、聖徒と交わり、罪をお許しになり、死から再生し、永遠の命を信じ候。確かに承って候。

以上なんだけどね、どうだね。そうですね、あなた様はどうなの？　悩むけどね、これは「大工」型だね。神というものがおいでで、その神が「この世を創りて」と初っ端からあるからね。そのひとり息子がキリスト殿だ。日の本の場合、まずは混沌とした世界があり、そこから神さまが生まれてくる。男神の伊弉諾《いざなぎ》神と女神の伊弉冉《いざなみ》神の契りから日本という島が生まれた。ひとりの神からではなく男神と女神との結婚からだったわけだ。日本書紀にそう書いてある。名づけるとすれば「誕生型」かな。どうかね、秀子。はあ、そうですねえ。わたしは夫の話を聞きながら、ただただ不思議なことを物語るひとだと思いました。夫の絶妙な解説にすっかり感動したのでした。

このような頭脳のひととわたしは釣り合っているのかしら。夫の頭の構造は江戸の町のように区画が行き届いていて、道と筋とがうまく嚙み合い、路地をもしたがえて、何と言ったらよいか、ある規則、理法が埋め込まれており、それが、脳の中に隠れてしまっているのではなく、頭の芯髄から光を発しているのです。それがオランダ語の書物の中身に当たって、輝いた箇所を手で引っ張り出して、その折に大和言葉にしているに違いありません。わたしは、余人にはできないことだと、べつに夫を自慢するわけではありませんが、そうした夫を誇らしく思います。

さて、この浦賀という三浦半島の小さな町にどうして蟄居を命じられたのかわからないのですが、この地を家康公が直轄地としたことは夫から聞いています。浦賀の地は江戸湾の入り口にあって、大海からの船が必ず寄港する港で、大きなお店《たな》が通りの両側を埋めていて、商いも隆盛を極めています。ですから土地の広さからみてそうたいした町ではありませんが、賑わいのある威勢のよい所です。はじめ浦賀へ、と夫から言われたときは絶望感に打ちひしがれましたが、見ると聞くとは大違い。夫の悲痛な顔つきもこの殷賑の町をまえにだんだん明るくなり、とりわけ読んでくださった、全知全能の神の文章に出会って以来、頻繁に笑顔がみられるようになりました。

わたしが夫からもっともよく聞かされた話は、故郷三田での少年時代のわんぱくでありながら勤勉でもあった、多少自画自賛気味の思い出でしたが、ここ浦賀にきて、まだ日の浅いある日、思いもかけない話題を持ち出してきたのでした。それは浦賀の驚くべき歴史、それも神君家康公時代の浦賀のことでした。これから述べる内容を夫がどの文献から得たのかは全く見当がつきません。なぜなら夫のできる外国語はオランダ語だけだからです。いろいろな話を聞かせてくれましたが、とりわけ夫の伝えたかったのは、浦賀が繁栄した歴史のことだったと思います。というのも、一六一六年に家康公が死去するまで毎年、フィリピンのマニラとメキシコの（現在の）アカプルコを結んだ太平洋の航海ができ、交易を盛んにして西欧の知見をはじめとして経済的にも浦賀は潤いました。「マニラ・ガレオン船」がその役目を担ったのでした。「ガレオン」というのは大航海時代に活躍したスペインの大型帆船のことだそうです。

秀子、いったいどう思う？　わが国が国を閉じるまえにスペインを主軸とした海外に目を向けていて、その推進者が家康公だった。二代目秀忠公、三代目家光公で国を鎖すまでの、ほんのわずかな交易港として、浦賀が中心的港だった。ひょっとしたら地理上の発見に一役買っていたかもしれない。秀子、浦賀での蟄居は見方を変えれば、世界へ向けての門出かもしれない。目を輝かせて喋りまくる夫に何かが憑依しているみたいでした。狭い書斎に入るたびに知識が増えて、聞き役のわたしはおおわらわでした。

秀子の『心づくし』はまだまだ続くが、残りは次男の誕生（長男は江戸で生まれている）か、長男を背負って家を出て、浦賀の町を、ときには幸民と一緒に散策するくらいの、ごく日常的な記述だ。そこには蟄居生活とはいえ、静謐《せいひつ》な仕合わせが漂っている。家族がともに暮らすことの幸福がにじみ出ている。書斎で勉学に打ち込む幸民、家事や育児に励む秀子。幸民三一歳で江戸にやっと帰れるまでの充ち足りた日々の記録として読める。

ところで『心尽くし』を素直に読んでゆくと、こうした内容が秀子という女性自身の筆であったかどうか、ときに垣間みられる男性的で骨太な筆遣いや豊かな知見から怪しく感じるのは私だけではあるまい。これは幸民が秀子の名で記した手記なのではなかったか。幸民は三田の実家がキリシタンであることを知られるのを怖れていたのに違いない。しかし何らかの一神教的刻印を遺しておきたかったのではなかったか。自分の思念の一端を秀子に託してみつけにくい場所に隠した手記、というより論攷に近いと推察される。

その証拠に、『心づくし』に出てくる「大航海時代」という言葉こそ、海外にたいする幸民の展望がみえてくる。その見聞の広さに舌を巻く。前出のカルダーノには地理上の発見への期待感が充分にあって、こうした拓《ひら》けつつある時代に生まれたことを歓んでいる。

13　シーボルトとポンペ

『心づくし』を読むと、幸民が、論理的に思考する人物であることがわかり、やはり幸民の筆になるものだという確証を得る。医者が本業だが、豊かで高度な語学力を活かして、オランダ語の書物を領域のべつなく読み、翻訳している。この語学力と関心の範囲は一八世紀中葉の『解体新書』の時代ではまだ起こっていない。やはり外国船が日本各地に頻繁に顕われるようになった一九世紀の半ばくらいからであろう。幸民はその時代の申し子だ。

長崎の出島にやってきたオランダ人医師ではフィリップ・ヨハン・フォン・シーボルトがもっとも著名だろう。その在任期間（一八二三―二八年）は、幸民、洪庵、一三歳から一八歳に相当する。洪庵の長崎への遊学は一八三六年（二六歳）のときだった。ちょっとシーボルトのほうが来日時期が早かった。二人がシーボルトに教えを受けなかったのが、よいかわるいか安易に判断してはいけないだろうが、日本近代医学の祖と呼ばれる洪庵、近代化学の祖である幸民にとっては、卑見ながらよかったと考える。前に、前野良沢と杉田玄白の比較を行なった。それと似たようなことが、幕末に訪日して足掛け六年間（一八五七―六二年）も滞日したオランダ海軍二等軍医、ヨハネス・ポンペ・ファン・メーデルフォールト（通称・ポンペ）とシーボルトとの比較吟味でわかる。良沢と玄白のことを思い出してほしい。ポンペという医師の名など、初耳のひとが多いはずだ。というかシーボルトのほうが有名すぎるのだ。

良沢が『解体新書』の刊行時に翻訳者のひとりに名をつらねなかったのは、当該書が未完成だったからだった。一方、玄白はすぐに役に立つほうを選んで、ある程度未完でも出版を断行したということも先述の通りだ。この対比がポンペとシーボルトにも当てはまる。ポンペが長崎で行なった医学の講義は、医学という自然科学の一分野の体系的な教示だった。物理学・化学・生物学・生理学・病理学と医学の基礎を押さえてからはじめて、内科学・外科学へと進んだ。それゆえ「近代医学教育の祖」と呼ばれている。シーボルトは違った。新規な西欧の医学を日本に広めたと評価されているが、体系的ではなかった、極端な言い方をすれば、腫物《はれもの》にどうメスをいれて粉瘤《ふんりゅう》のアカをいかにして取り出すか、といった応急的処置を主に教えた。医学の本質・体系にまで触れなかった。むしろ彼は日本という国の植生や哺乳類、鳥類や魚類といった博物誌的なものに関心があった。シーボルト事件で、それが露見する。大多数の日本人蘭医はシーボルト系統の教えを継承してきていたから、体系的なポンペの教えを嫌った。というよりもついていけなかった。もし幸民がポンペの弟子になっていれば、幸民の論理的頭脳はすぐさまポンペの意図するところを見抜き、抜群の語学力もあいまって、高弟、あるいは後継者となっていたことだろう。

日本にも中国からの影響を受けつつも体系化された儒学という学問があったし、蘭学隆盛のときも、その後の洋学の発展の際も、体系化がおそらくいくばくかの知見者によってなされていたであろう。儒学やヨーロッパの学知に対抗するかたちで国学が起こってくるが、まさに自然発生的現象といってもよい。奇しくも国学者は本業が医師である人物が多い。漢意《からごころ》ではなく随神《かんながら》の道、大和こころ。つまり、和魂漢才から和魂洋才（ここでの「洋才」とは日本人にとって役に立つ功利的な西洋技術を指す）への転換が時代の波となる。幸民は晩年、故郷三田で「英蘭塾」を息子とともに開くが、すでに外国語修得の大事さが塾名に顕われている。福澤諭吉がこの世で「先生」と呼べるのは、直接の師である緒方洪庵と川本幸民くらいだと言い遺しているのは具眼の士の証であろう。

　ここで考えるのはこのような日本での学知の体系化と、幸民が携わったヨーロッパの学識による客観的秩序との差異である。幸民は原書の学問的領域は問わずに、幅広く視点を変え八宗兼学的で、何でも頼まれれば翻訳した、正確に言えば翻訳できる能力があった、という稀有な人材だった。翻訳の最中にヨーロッパの科学的合理主義を暗黙の裡に身につけていった、ということなのか。これがいちばんの疑問点だ。ヨーロッパの文化が明治維新後になだれ込んでくる以前に、明治四年で死去してしまう幸民がヨーロッパ文化の核心部をきちんと掌握していて、それだからこそ、医学、物理、化学、生物、軍事、果ては馬学の書物まで訳出できたのか。あるいは単に語学の才を活かした翻訳なのか。学的分野に隔たりがないのは確かで、知的貪欲さがひと一倍あった、百科全書的人物とみなすべきか。私の憶測にすぎないが、幸民の内部には数々のオランダ語の文献の裡に原理原則を見出す力が存在していたと思う。

かの日米和親条約の条約文も当初英文であった条約文を最終的にはオランダ語に翻訳したものを和訳したものだから、その訳出の一端を幸民が担っていたと考えてもおかしくない。なにせ、提督ペリーがかつての蟄居先だった浦賀沖に来航したとき、提督の接待役から、泡の出る酒の話を聞いた幸民が、自宅で手ずからビールを造ったほどだ。これが陽子が朝市で買い求めてきた幸民ビール、日本で最初のビールのお目見えである。幸民は翻訳に長けていたばかりでなく、手仕事にも秀でていた。はばかりながらヨーロッパでの職人と学究派がひとりの人間のなかで連結した時期と言えば、イタリア再生期、代表的人物ではレオン・バッティスタ・アルベルティ（一四〇四—七二年）、レオナルド・ダ・ヴィンチ（一四五二—一五一九年）、ジャンバッティスタ・デッラ・ポルタ（一五三五?—一六一五年）、ガリレオ・ガリレイ（一五六四—一六四二年）、と三世紀間におよぶ。すべてのひとたちを知っていてほしいとは思わない。ただ、再生期がこうした逸材を生み出しやすい文化現象下にあった、ということが肝要なのだ。

おそらくレオナルドとガリレイはみな知っているだろう。この二人が頭脳でも手仕事でも一流で、一五—一七世紀のイタリア半島の各地でその業績を遺した。レオナルドを純然たる科学者と呼ぶには自然魔力に関心を抱く私には抵抗感があるが、ガリレイは、自然魔力師で友人のカンパネッラ（一五六六―一六三九年）と同時代の人物だが、カンパネッラにくらべて現代からみると光り輝く仕事をしている。もちろん多くの聖職者から反感は食らっているが、その大半は嫉妬だった。ガリレイの知を理解しようとして、結局把握できずにカンパネッラは旧来の知にしがみついてガリレイより先に死んだ。カンパネッラはじめ、この一群のひとたちの依拠する理念は自然哲学で、ガリレイ以後のそれは科学哲学と呼ばれる。自然哲学の「自然」は「自然は病に充ちている」の「自然」である。それは生命に充ちている、という意味で、ならば科学哲学の自然に、命（霊魂）は存在せず、即物的な無機物となろう。

幸民の多岐にわたる翻訳を概観すると、彼の立場が自然界の裡に生命の存在をみなくとも、翻訳の上で精神的苦汁を嘗めていないし、そうでなければあれほどの量と質の翻訳作業は無理だろう。翻訳とはヨコ文字をタテ書きの文章にする、といった単純なものではない。翻訳対象の言語、その言語を用いる国の文化的背景への透徹した理解が必須で、さらにその国の属している文化圏の文化事象の質的把握も必要だ。そしてもっと面倒なことに、異文化を日本人にきちんと日本語として承知してもらうにはどういう日本語を訳語として当てはめるか、という最終段階も控えている。幸民の場合、その知的背景に鑑みると、日本語（和書）、中国語（漢書）、オランダ語（蘭書）、英語（英書）と進んでいく。なかでも、中国語とオランダ語に秀でていたはずだ。西欧の言葉を日本語に翻訳する場合、中国語の果たした役割は大きい。中国語の漢字を組み合わせると西洋語にぴったりかつ簡潔な訳語（日本語）ができあがる。その組み合わせも自在だ。

例えば、「眠りが足りない」は、「睡眠不足」に。「子供のための病院」では「小児科」「小児内科」「小児外科」とかに。アルファベットのような表音文字にはではできない芸当である。幸民はこれまで「舎密《せいみ》」（オランダ語のchemie〔セミー〕を音写したもの）とされていた言葉に代えて中国語の「化学」を採用して内実を植え込んだ。真の意味での「化学」を誕生させた。これが逆輸入されて中国で、私たちがいま知る「化学」として衣替えをすることになる。漢字の有用さと、その内実を与えた幸民の頭脳の根底には、質的でなく量的で数学的な近代自然科学への根本的理解が、無意識にせよ自覚の上にせよ、あったに違いない。それを意識した上での翻訳作業か、依頼を受けての、オランダ語学力を駆使しての、純粋な翻訳業か、目下のところ区別がつかない。ただ言えることは幸民が生んだ「漢字による翻訳語」が漢字文化圏に伝播し理解されたことだ……しかしながら、この言葉の群れの根本を生んだヨーロッパの思想は奈辺にあるのか？　これをいったいぜんたい、幸民が突き止め身に着けていたかどうか？

14　火事

幸民が浦賀から江戸帰参を許されたのは三一歳のときで、世は水野忠邦の天保の改革時代。幸民は医師の仕事を生業とし、桶町（現・中央区）に暮らし、のち芝浦（現・港区）に転居した。ここから幸民を、他のひととは異質な仕打ちが襲うことになる。「異質」としたのは、単なる偶然を超えて幸民の体質や性格に根づいたような出来事が、あたかも必然的に襲来するからだ。それは翻訳家で発明家でもある幸民の人生を頭ごなしにぶち壊すがごとく映る――引っ越し先引っ越し先で火事に見舞われたのだ。それ以前にも不幸がまた襲ってきている。長男熊之助が三歳で夭折した。

最初の火事は芝浦時代の正月。その年日本橋小舟町（現・中央区）で暮らしているが、そのまた次の正月に火事に。その後、四七歳までの一一年間、現在の日本橋茅場町で生活するが、ここでも火事で焼け出される始末。この後、木挽町五丁目（現在の東銀座）に居を設けた。古地図と現在の地図を比較すると、幸民はほぼ銀座周辺一キロ四方を、火事に追いかけられながら転居している。生産者タイプである幸民を襲ったこの負の連鎖には因縁ないし宿痾《しゅくあ》のようなものを感じる。幸民の家族たちから焼死者は出なかったが、火事のたびごとに失われたのは「資料」「訳稿」だった。この損失は無念の一語に尽きる。この疫病神は、川本家が幸民の死後、その蔵書を預けた東京帝国大学の図書館が関東大震災で被災し、幸民の蔵書も焼けてしまうまで追いかけてくる。死霊と言ってもよいだろう。この火災という災難は、幸民というひとりの天才の幸不幸と同様に、「明」の新生革命と「暗」の欺瞞狩りが一〇〇年間にわたって同時進行したことにも顕われている。やがて当節の人知の結晶である人工頭脳も、病に充ちている自然界の悪に凌駕されるのではあるまいか。ここで言えることは、幸民関係の資料の損失のせいで、幸民の科学哲学的な斬新な知のありようの解明が難しくなったことだ。しかしながら「科学哲学」と早急に断定してよいかどうか。私はもう少し考えなくてはならない気がしている。

この頃の幸民は医業の傍ら、翻訳に傾注しているが、それを見込んだ薩摩藩主島津斉彬《なりあきら》から翻訳を依頼されるほど、その実力は認められていた。後年、斉彬公に慫慂《しょうよう》されて三田藩籍から薩摩藩籍に一時期移った。語学の才に恵まれた幸民や洪庵のような人物は、江戸や上方にとどまっていても海外事情に通じていたのであろう。洪庵の最大の功績は明治期に活躍する、福澤諭吉をはじめとする多数の人材をその主宰する適塾から送り出したことだ。幸民の場合は翻訳という業績だ。人材と翻訳書は似て非なるものだろうが、双頭の鷲がそれぞれの持ち味を活かした結果とみてよい。火災に何度も襲われた幸民が自宅に塾を開いても、人材育成には無理があっただろう。幸民の性格として、私塾の先生が務まっただろうか。それよりも部屋に引き込もって翻訳を、あるいは職人気質《かたぎ》の技で、ビール、火付け棒（マッチ）、写真機、蒸気機関車、蒸気船、電信機の製作や紹介者としての功績のほうを貴重とみたい。

一般的な知識人と違って、職人芸もこなし得たこの稀有な人物――知と技とが身内で一体化した、日本版レオナルド・ダ・ヴィンチ。ならばレオナルドの分析が幸民にもあてはまるかもしれない。レナルドは「絵を描くことは科学（すること）である」と述べたと言われているが、ここでの「科学」と、ガリレイが「自然という書物は……数学の言葉で書かれている」と記した文面での「科学」と「数学」とでは意味的に大きな差がある。レオナルドは「あのひとは絵を描く職人である」という発想の時代の末期に位置していて、職人を芸術家へと格上げした点で功績がある。それと彼は「精気」という目にはみえない非物質的なもの、しかもそれ自体自律的に存在せず、運動も不可能な物体に結びついたある種の「能力」に充ちている、と考えていた。つまり「ポテンツァ」を触媒として精気が動くことになる。例えば、心臓の動きについては「生命精気」が関わってくる。

　ガリレイにとって、こうしたスピリトとかポテンツァなどの架空の存在は論外だった。ガリレイは自然をあるがままにみつめようとするが、自然魔力師と異なって、自然の裡に生命（霊魂）を探し求めようと、自然の裡なる理法や目には見えない隠れた《オカルトな》神秘を探ろうとはしなかった。彼は宗教と科学をはっきりと分けて考えられる人物だった。神を信仰の対象としたが、検証はせず顕彰した。西洋人であるガリレイと違って東洋人である幸民がとりわけ興味を抱いたのは、モノの理でなく、中身の構造・性質の分野の研究、化学の領域だった。このコロナ禍の時代に幸民が生きていたら、彼の頭脳、技術はどう貢献してくれるだろう。そして幸民は宗教をどうみていただろうか。

15　快復

拝復　先日は懸念のお手紙、ありがとうございました。ずいぶんとご心配をおかけしました。一時は四〇度まで熱が上がって呻吟した日々をなんとかやりすごし、熱もやっと平熱まで下がり、味覚ももどってきました。「エクモ」に頼ることもなんとか避けられました。透析患者ですから死を意識していなかった、と言ったら嘘になるでしょう。人工呼吸器もあてがわれたのですから、透析のたびごとに今後生きられる日数を数えてみたものです。でも治ってよかった。もうじき退院です。いまさらながら、医療によって生かされている自分を実感した次第です。生きるという気概こそが大事ですね。

奥様ともどもコロナ禍の下、お元気でお過ごしのことと拝察いたします。川本幸民についていろいろとご報告を受け、その都度、江戸末期にこのような、翻訳者であり西欧・南欧文化の紹介者でもあった、出色の人材が輩出をしたことを知り、また未来学という訳アリの一分野を紹介する者の責務として、その謎を自分なりに考えてきました。貴兄からの、独自の分析をまじえたお手紙を拝読し、感染の痛手にかまけて怠けていましたが、病中だからこそ、貴兄からの書面中の疑問点にふと光が当てられました。それは貴兄も変だと思っていた個所と同じだと思います。三田の実家の「開かずの間」と浦賀の小川家の離れで幸民がたまたま発見しその訳文を秀子に聞かせたという「心づくし」の内容の一部です。思うにあれはキリスト教徒の「使徒信条」です。教徒たちにとってはイエス・キリストを中心に据えた信条でとても大切にしている文言です。それに幸民は感ずるところがあって、翻訳して秀子にも読んで聞かせたのでしょう。幸民があれを翻訳している最中に感得したのは、おそらく「開かずの間」のまえで嗅いだ母の匂いだったはずです。幸民は察しのいい人間でしょうから、川本家が「隠れキリシタン」ではなかったか、ということに半ば気づいた、ということです。あくまで推察にすぎませんが、幸民が驚くほど広範囲にわたった分野で翻訳をした、できた、という証に、代々川本家が隠れキリシタンであったことに影響されている、と。

これは学生時代の一般教養科目の「近代自然科学と未来学の関わり」という授業で習ったのですが、ガリレイ以降にだんだん成立してくる近代自然科学の思想的背景にはキリスト教の精神が必須だったと。「新生革命」が、一六、一七世紀のヨーロッパ・キリスト教社会でしか起こり得なかった画期的出来事だった、と。これにガリレイの数学的自然観が加わるわけです。幸民の琴線に触れた「使徒信条」の翻訳はその琴線の下地が三田の実家で幼少の頃から醸成されていたからだと思えて仕方がないのです。火のない所に煙は立たない、と言うではありませんか。幸民の場合にはその「火」が確実に存在していて、幸民はそうした空気を知らぬ間に吸って大きくなったのでしょう。但し、その後、数々の「小さな新生革命」が起こって、その度ごとに宗教（キリスト教）から学問は離れてゆきますが。

現行のコロナ禍に幸民が生きていたら、化学に長けていたひとですから、ウイルスをいち早く突き止めて、感染経路を絶つ仕事を成し得たと確信します。ＡＩのように厖大な知見を有しているわけではありませんが、そうした知識がなくとも、幸民には「勘」というものが備わっていて、科学では割り切れない「勘働き」で、たちまちのうちに感染を収束へと導いたことでしょう。西洋ではなく東洋の、日本でこそ起こり得るのが「勘働き」でしょうね。そのためには、蘭学を通して西欧的知の修得が前提として必要だった。そして幸民が偉かったのは、ヨーロッパの思想・哲学などを体系的に修得しており、功利的な、所謂役に立つ面だけを受容したのではなかった。それゆえにワクチンとは違った意味での合理的な「勘働き」で幸民は毅然として、「使徒信条」を唱えながら、病に立ち向かったことでしょう。

これは一見、精神論にみえますが、頭と手の見事な連動が遺したものに鑑みれば、もう精神論では何事も無理であることを、幸民が示唆していると確信できます。当を得ているかどうかわかりませんが、蘭学・洋学とは違って、儒学・国学は精神重視の学問でなかったかと。幸民が蘭学・洋学の技術面の原理の骨格を押さえており、間違いなくヨーロッパの思想の内実をしっかり把握していたはずです。またそうでなくてはあれほどの業績を遺せるはずがない。明治になって表層的な、上っ面だけの「思想・哲学」を移入しては、次々と新しいものに取り入った日本の利益優先の「文学者・思想家・哲学者」たちに、原理原則から発想するという着想があったならば、加工文化には陥らなかっただろうと愚考します。幸民はそれを主に理科系の知で成し遂げた稀にみる傑物だった。

ところでぼくは退職を二年早めておけばよかった。遠隔授業はやはり煩雑なものです。教材の準備が大変です。対面授業のほうが学生の反応もすぐに伝わってくる、所謂臨場感にあふれますから。幸民についてぼくのわかる限りで説明してみました。わかったことは前述しましたが、事象面のことどもの背景にはその現象を生み出した原理法則、つまり宗教や思想が背骨としてきちんと存在しているということです。

近世初期の新生革命が、人災としての欺瞞狩りと並行して進行した、明暗二つの折り重なった時代の転換期であるなら、情報革命を経て新科学情報革命そして人工頭脳へと進展してゆく時代の変革期には、負の要素としてコロナ禍のようなひとの生死に関わる重大で物理的な自然災害――ないしは、人災とみてもよいかもしれませんが――が起こるのは、時代の当然の習いなのでしょう。これからおよそ一〇〇年間、おそらくぼくたちはそうした二重の世界に耐えなくてはならない。

取り留めのない書信で恐縮ですが、微生物学や未来学に携わっているぼくに語れるのはこれくらいです。どうかご海容のほど、よろしくお願いいたします。

それではご息災にてお過ごしください。また、お目にかかれるのを愉しみにしています。

乱文、乱筆にて、お許しください。

敬具

二〇二〇年△月□日

寺田広大　拝

佐倉　進　様

16　理科

　私は広大の書信に大きな息吹を感じ、身が震えた。多様な事象の底には一定の原理原則がある。幸民は、自覚・無自覚はべつとして、そこまで己を深めて掌握してはじめて翻訳する種類の蘭学者だったのだろう。ただ原理まで追究しても、幸民の携わった分野が理工系であった点に留意する必要がある。完成品が目にみえてその構造や性質も把握した上での作業だから、たとえ加工作品でも日本人の手でも進化させてゆける。思想や文学とその点が異なっている。文系理系に区別などない、という時代は確かにあった。しかし一部のずば抜けた人物を除いて、多くのひとたちはいずれかに分かれるだろう。幸民に思想的な書はいまだ発見されていないが、「使徒信条」への傾倒ぶりをみるに、キリスト教徒とは言わないまでも、そういう面から西欧・南欧文化に通底する思潮のなかにいたのではなかったか。

　幸民の代表作三著を挙げるとすれば、『遠西奇器述』（一八五四年）『気海観欄広義』（一八五一—五六年）『化学新書』（一八六〇年）と言われている。中でも『遠西奇器述』には幸民の視野の広さや選択眼のよさをうかがうことができる。「遠西＝遠い西」とは西欧の意（ちなみに「近い西」とはインドを指していた）。「奇器」とは奇妙でさまざまな想像力を掻き立てる機器のことで、「述」はそれらを述べたもの、要するに「西欧の新奇な技術書」である。単なる翻訳書ではなく、オランダの技術者の本を種本にして、技術を原理から説き起こした、幸民の面目躍如たる書物だ。『遠西奇器術』は、その原本を素にした幸民の講義を聴講した門人たちが編集した本である。二冊あって、一冊目の執筆者は、弟子の薩摩藩士田中綱紀で薩摩藩が刊行。藩主島津斉彬公に進取の気象をみる思いがする。二冊目は黒船来航後に刊行され、弟子の福井藩士三岡友蔵（博厚）著である。友蔵は『五箇条の御誓文』の起草者である、由利公正（三岡八郎）の実弟である。だが版元はわかっていない。幸民は二冊目ではじめて、写真機、マッチ、電信機、蒸気機関など一二項目を紹介しているが、むろんそれぞれの原理から説き起こしている。これは文明の利器で、黒船来航の衝撃以来、そのショックを乗り越えた化学者幸民のゆとりさえ感じ取ることができる。空気、気体、電気、光、などを挙げて化学を愉しんでいるかのようだ。

写真機の発明は世界的規模の大発見だった。一八三九年の夏、フランスにおいてだった。発明者フランス人ダゲールの名からダゲレオタイプと呼ばれた。日本式に言えば、「銀板写真」。写真フィルムに銀メッキを使用したからだ。写真撮影へといたる過程で「暗室《カメラ・オスクーラ》（箱）」を使うのだが、この「暗室」を最初に発明したのが、再生期末のナポリの自然魔力師ジャンバッティスタ・デッラ・ポルタである。彼のレンズの研究はいまに遺る業績で、磁石の研究家としてもその仕事ぶりは高く評価されている。ガリレイと同時代人である彼は、ガリレイに、自分のほうが先に筒眼鏡（望遠鏡）を造ったと手紙を送っているくらいだ。『遠西奇器述』は理科の教科書の様相を呈し、『自然魔力』（一五八九年）によく似ている。『自然魔力』はデッラ・ポルタが「力」というものや自然界のさまざまな現象、動植物の生成などに関して自分の見解を述べた、当時のベストセラー作品である。時代的差異はあっても、著述にあたっては両書ともに、自然と技術への好奇心、探究心が旺盛で、すがすがしい気持ちに駆られる。

17　虎列刺《コレラ》

現在のコロナ禍と類似したものに、スペイン風邪（一九一八―一九年）がある〔第一次大戦下で報道規制があり、他の国が報道しなかった中で、中立国であったスペインが大流行を報じたため、この呼び名がある〕世界中で一七〇〇万から五〇〇〇万人が罹患して死去したと言われている。江戸期、幸民の生きた時代には江戸で「虎列刺」（コレラを指す）が発生している。米軍船ミシシッピ号にコレラに感染した乗組員がいて、一八五八年、長崎に寄港したときに発症した。八月には江戸にまで影響が及び、三万人以上の死者が出た。その後流行は三年間にわたった。このことから鎖国が感染症の一定の防御となっていたことが判明し、この惨状が攘夷思想の発生の一因となっていった、という説もあるくらいだ。コレラはスペイン風邪、それに昨今の新型コロナウイルスといった「空気感染症」でなく、細菌による「経口感染症」で、菌は泥水や腐った食べ物のなかに潜んでいる。コレラ菌がお腹のなかに入ると、胃酸でまず殺菌されるが、胃液をすり抜けた菌はその毒性で急性腸炎を起こして下痢をもよおし、脱水症状を引き起こして死にいたる。

すでに蛮書調所教授職（幸民は「（野）蛮書」という名に反発を抱かなかったのだろうか。「洋書調所」となったのは一八五九年。「開成所」に改称されたのは一八六二年のことだった）にあった医師幸民はどのような方針を打ち出して治療にあたったのだろうか。

ここで「日本近代医学の祖」と敬重される緒方洪庵の活躍が光る。ひとまとめに言うと幕末の蘭医の対コレラ奮闘記である。洪庵は大事が襲来したときには自分の欲を棄てて病人のために全力を尽くせ、と弟子たちを鼓舞した。彼らのなかからももちろん死者は出た。空気感染であれ、経口感染であれ、ウイルスあるいは細菌感染症の際に最前線に立つのは医師である。往診に走り回った洪庵の弟子たちの、医師たらんとした自覚は称えられるべきだ。このとき洪庵は大坂在住だから、大坂にも火の粉が飛んだことがわかる。その際、先に被害を受けた江戸の幸民から、「よもやとは思うが」という書き出しの書信を洪庵が受け取っていた。季節の挨拶抜きの急を要する文面だった。そこには、かつての同輩を思う蘭医としてではなく「救世主」とみている幸民の洪庵にたいする、知見の広さへの崇敬、雅量の大きさへの信頼と敬愛の念があった。

　書簡の中身はやはり、コレラが大坂を襲ったときの治療方法が書かれていた。「私はこれまで多くの分野の医化学書を翻訳してきた。今回のコレラではないが、マラリアに効く薬のことを翻訳した覚えがある。恥ずかしながらどの書であったか明確ではないが、『キニーネ』という木の樹皮から採取した薬で、これが抗マラリア薬だと記してあった。キニーネに阿片を混ぜて服《の》ませ、入浴させると効果がある、という。江戸でも試してみたが、ひとによって効能はさまざまで特効薬とは明言できぬが、そちらでも試みられよ」と。洪庵はむろん治験して結果が出るや、この二つを用いようとしたが、結局キニーネによる治療は行なわれなかった。キニーネが日本ではなかなか手に入らないからだった。洪庵は独自の治療法を試みた。だが持つべき者は友で、洪庵は幸民の該博に感謝している（キニーネにコレラにたいする効果はない、と現在では証明されている）。

洪庵はその後、江戸で種痘所から発展した西洋医学所二代目頭取（初代は大槻俊斎）を命ぜられ、江戸にやってきた。二人は久闊《きゅうかつ》を叙したが、江戸という土地柄や役人的職種が洪庵にふさわしくないと幸民は直感した。学究肌の洪庵に実務は向いていない、と踏んでいる。やはり負担を強いたのであろう。その予感が当たったのか、翌年、洪庵は突然喀血し、その血の海のなかで窒息死してしまった（一八六三年）。五二歳の若さだった。

私はコレラが発生して治療に専心する医師を描いたテレビ番組を観たことがある。羽織にも似た白衣をまとって患者たちに寄りそうのだが、当時の医療では無力のまま、何十人もの罹患者を診療所の板敷きに寝かせて、水を与えるだけで、ついには自分も罹って「殉職」するはめになる、無残な物語だった。

こういう難局にあたって我らが幸民は蛮書調所の教授職も兼ね、キニーネに活路を見出しながら、べつのことも念頭に置いていた。その別件が発見されたのだった。

近年、といっても五年ほど前になるが、幸民がこのとき何をしているかを明かす研究が公表された。幸民五九歳、藩主から三田に帰参して洋学塾の開塾を要請され、金《こん》心《しん》寺、方仙寺跡に屋敷を頂戴し、次男清一ともども「英蘭塾」を開いたとき、育児と家事から解かれた秀子がコレラ襲来時の夫の所業を綴ったものが、「開かずの間」の簞笥のなかから埃にまみれて発見された。神仁大学の幸民研究家饗庭誠二教授が期せずしてその存在をみつけて、「川本幸民没後一五〇年記念論集」に寄稿した。それを過日同封しわすれた、と三田市役所の田淵さんがわざわざ拙宅に送ってくれた。地元では大きな反響を呼んだという。ここでは饗庭教授がおおまかにまとめてくれた内容をそのまま写すことにする。しかし教授が読み終えて開口一番、この文章の書き手が女性ではない、ということだった。『心づくし』と同じく、論理的な文体は明らかに男の筆によるものだ、と。おそらく実際に書いたのは幸民亡き後、息子で英蘭塾を父ともに主導した次男清一ではなかったか。母親の語った事柄を息子がまとめたものだろう。教授は疑念を抱きながら今後の研究課題として示唆した。

18　予知

幕末期蘭学の教授を指導方針としていた塾を総称して「蘭学塾」と言いますが、夫（原文は「旦那さま」）幸民も江戸で蘭学塾を開いていました。弟子には適塾でも教えを乞うた、福井藩医の長男橋本左内殿や、薩摩藩の松木弘安《こうあん》（後の外務卿、寺島宗則、後年伯爵）殿等がいました。なかでも弘安殿はとても優秀な方で、夕食時にいつも夫の口にのぼったほどで、のちに夫も薦めていた英語を独力で学んだはずです。コレラ席捲時、蛮書調所教授手伝いとして教授職の幸民を助けてくれていました。夫は大坂の洪庵殿とそのお弟子さん方の必死の治療をいち早く聞き及んでいましたが、罹患者の病状をまずじっくり観察する立場を取って、弟子たちが死にいたってしまわないように心掛けていました。夫の本業は医師ですが、舎密（化学）にも関心があり、わたしにはむしろ化学の徒と映ったものです。

なぜなら洪庵殿とそのお弟子さんのように患者さんたちを診療する気は当初からなかったみたいで、書斎でじっと考え込んでいるだけなのです。ときたまオランダの医学書を開いては読み、ある程度時間が経つと宙に視線を漂わせるのです。溜息はついていませんでしたから、コレラに手の施しようがない、と諦めたわけではないようです。半刻《はんとき》（約一時間）ばかり沈潜していたと思うと、弟子の松木殿を呼び寄せて、拙宅と井戸との距離はどれくらいか計ってきてほしいと頼みました。松木殿は狐につままれたように顔をゆがめて、長い木製の定規を持って出ていき、じきにもどってくると、一〇間《けん》（約一八メートル）以上は離れていますが、それが何か？　いやね、今回の難病の歴史を調べていたら、汚水や、畑にじかに播かれた糞尿に原因があるらしい、と書かれている頁に出合って、それで調べてもらったんだ。江戸の町は上下水道がきちんとしていると思ったが、コレラの「繁殖」はそれを超えているようだ。そのいちばんの原因が便ツボと井戸の飲み水との距離だ。便が土のなかに浸透していき、清潔な地下水を汚染する、という寸法だ。患者の治療にあたるまえに、「清潔な水」の確保だ、そして汚れたものは洗って煮沸消毒をすること、夫は大げさに言えば、往診などせず、清潔・不潔を基準に江戸の町からコレラ患者を減らそうとしたわけで、完全な成功は無理でしたが、罹患者はしだいに右肩下がりに減少してゆきました。夫の学問の、特に病理系の学知の積み重ねの賜物と僭越ながらみなしています。

だいたいの骨格をまとめたが、幸民は「細菌」の存在を予知していたのかもしれない。歴史から学んでその糧を現在に活かして、未来への提言となす——歴史家にも似た自覚や覚悟が幸民の学問の根底にあったのだろう。わかりやすくまとめると、今でいう「衛生思想」を幸民はすでに身につけていたことになろうか。

19 消滅

寺田広大はZOOMの遠隔授業をつづけていたが、不満が蓄積していった。微生物学を専攻し未来学にも学域を広めているのに、おかしな話だが、学生とは対面授業こそが第一義的意味を持つというのが持論だ。私もそれを尊重したい。広大が上級学年の学生に尋ねると、パワーポイントを用いるよりも、板書の授業のほうがよいという学生が多い。しょせん、好みの問題なのだろうが、広大が専門とする微生物学や未来学は、理科系の要素もあれば、歴史学や社会学にもまたがる分野だ。ペスト、コレラ、スペイン風邪、新型コロナウイルス等々、古今東西、やはり自然は病に充ちている。広大は自分が基礎疾患者であることを自覚した上で、学校からの通達をやぶって対面授業を試みようしたが、まず保護者たちから突き上げがあったし、学生たちも頷こうとしなかった。

退院後のある日曜日、学生もおらず職員もまばらな構内を広大は歩いた。普段より落ちついた気分で歩をかさねた。北摂大学は坂だらけの大学である。私鉄の最寄りの駅までも遠い。駅から歩くこと一〇分から一五分で正門に到着する。正門までの道の両側は飲食店が軒をつらね、文字通り学生街だ。正門から直線に下ったところに駅を設けてほしかったが、それに至らなかったのには奥の深い、触れてはならない事情があったのだ。それは日本の歴史の暗部にかかわるどす黒い種類のものだ。北摂大学前駅の北改札口を出て右側の階段を上り外に出ると左折。すぐ脇に階段がみえる。その階段を利用すると便利だ。途中からエスカレーターが顕われる。だがその順路を活用するのは社会学部の学生が主で、その先の坂を上り切った場所が該当学部の学舎に近い。その他の経済・商学・工学部の学生は駅から遠い正門からすぐの第二学舎に吸収されていく。法学・文学・政策創造学部・外国語学部の学生は総合図書館を斜め右手にみやりながら正門前の道を左折して公文坂と呼ばれる、この坂を上れなくなった教職員は退職あるのみ、といういわくつきの長くてしだいに勾配がきつくなっている坂をよいこらと歩んで第一学舎へと向かう。

第一学舎はだから丘の上にあって都合五つの校舎で成り立っている。B・C号棟を除いてみな新築の建物で、A・D・E号棟が通路でつながっている。雨の日などの移動の際はとてもありがたい。向かって左手に、研究棟一号・二号が建っていて、主に法学部と文学部の教員の研究室がある。

広大は正門を通らずに登校する。北口でなく改札南口を出て左手の階段を上がると、ここにも門がある。入るとちょっとした階段があってその次にエスカレーターが二基続いている。それを利用して丘の上のキャンパス内に足を踏み入れる。目の前は広場で本部や教育会館といったこの大学の管理棟と言うべき建築物がある。学長も理事長もこの本部にいる。その他、副学長、学長補佐、各理事、といった学内政治にかかわる要路の人物、それに人事課や総務課などの主要な事務を担うひとたちの部屋がある。広大はたまに人事課に顔を出して役所用語を説明してもらうことがある。その他では教員組合の団交が最上階で行なわれるので、組合の役員をしていたときに広いその教室の椅子に法人側と対峙する形で腰かけたこともある。組合側の要求はほぼ握り潰されるが、その際の弁明に冴えがないので法人側の回答能力を疑問視したこともある。

一年こっきりの組合員だが、みな真剣だ。こうした建物を右手に望みながら、つまり上り切った地点を左折して直進する。枝葉に分かれる道を右手に、北口改札を出てすぐの階段から続くエスカレーターの到着口を横目にどんどん歩を重ねてゆく。すると陸橋らしき通路をいつの間にか歩いていていて、社会学部という矢印が目に入ってくる。

右手に新築の奇麗な校舎がある。これが社会学部だ。さらにまっすぐ歩くと円形の建物があって、道が二手に分かれている。右は階段を下りると第二学舎（経済・商学・工学部）へと行けるし、正門、図書館も近い。広大は左手の道を行く。秀礼橋という名前の橋が、正門横にある北側の事務職員の建物の二階に接するようにある。その先のどん詰まりを右折すると公文坂の途中に出る。

ここまで歩いてきて、広大ははたと気づいた。公文坂の向きが逆になっている。上りが下りに一変している。坂に出て左折し上って第一学舎に向かうのが常だが、いまは下らなくてはならない。そうしたら坂の下にある第二学舎が坂上に、坂上にあるべき第一学舎が坂下にある。位置が転倒している。ぐにゃりと構内が湾曲している。阪神・淡路大震災のときの、高速道路がひん曲がったあの異常事態が広大の脳裡を駆けめぐった。背後を振り返ると歩いてきた道や目にした建物すべてが一斉に消滅した。広大は宙に浮いているようだ。見上げると雲が風に揺らぎ、陽光《ひかり》が情け容赦なく照りつけている。大感染が起きたときにはこれまでの価値観が身の置き場を失い、全く予期していなかった新たな価値観が湧出してくることを広大は熟知している。ペストによる、来世肯定から現世肯定への変換。魂の死から肉体の死への移行。死を認識した上でみつめる虚無的な生。右に左に、下から上へ、といった変異の流れ。公文坂の麓と頂が逆さまになってしまったことは、新型ウィルスによる、時代の移行期をくっきりと顕わしている。広大は溜息をつき、無残な様相を呈した本務校を目の当たりにして、今後の自分の立ち位置を決め、これからの世に新風を、と願った。

広大からこの話を聞かされた私は、向後の世界の「面《つら》」がくしゃくしゃにゆがみ、内部には亀裂が走り、大震災のときにみられるこの世の終焉が訪れるのではないかと感じ、戦慄を覚えた。

20　ビール

広大の退院を知った陽子はお祝いに、幸民ビールを味わうべきよ、と提案した。そうだな、そろそろだな。広大も呼んで三人で、と行こう。広大に電話をかけた。広大はさっそくやってきた。私が想い描いた幸民の話もまじえながら、幸民にとっての、あの多岐にわたる翻訳、それに明治に入ってその訳書の一冊が学校の理科の教科書にまで使われた事実の重みもつけ足した。幸民さんは医学よりも理化学系の知識の普及に尽力したことになるが、彼が一冊も、例えば寺田寅彦のように、理学的随筆を遺してくれなかったのは残念だ。幕末という時代の転換期に生きた、体系的思念の持ち主であったに違いない幸民の思い、哲学を彼の言葉で語ってほしかった。

広大を囲んで、言葉は悪いが幸民を〝肴〟に、また人工透析者にアルコールはよくないことを、私も広大も充分知りつつも、たまにはいいだろう、という気分で、陽子が栓を開けて、三人のグラスに注いだ。泡が立ち、ペリー来航時への郷愁に浸る思いだ。広大に改めて体調を尋ねると、おかげさまで、マスク、うがい、手洗いを実行しているから、大丈夫だ、と笑みをうかべて応えた。私は、手袋と帽子の着用も薦めた。

罹患したときは「イチコロ」だと覚悟を決めたよ。微生物学者で未来学もこなしている俺が、本当の意味での近代を経ていないこの国がコロナ禍の後に迎えるのは「欺瞞狩りの時代」で、そこからやり直しの時代がくるはずだ。これを遺言としておきたい、と思ったくらいだ、と広大は言う。

ところでこのビール、甘さがあり、かつ舌触りもよく、あの時代のものとは考えられない。ホップの代わりに日本酒の酵母を使ったようだが、たいしたものだな、と門外漢の私が知ったかぶりをして話すと、ホップは北海道に生えていたらしい。そしてオランダ語だよ、と未来学者が教えてくれた。

ひとから聞いただけで、幕末期にこれほどの味を出し、泡入りの酒を造るとは尋常ではない。その通りだ。幸民の頭のなかを覗いてみたい。潮騒の子、空と風と陽光の子だよ。あなたたち、愉しそうね。朝市か昼市かわからなかったけれど、みっけもんだったわね。そうだ、陽子がこのビールを買ってこなければ、幸民大人《うし》とは出会えなかったものな。それじゃ、コロナ禍が終息したら三人で三田市に行ってみよう。そうね、是非、いまから愉しみだわ。

残映のマキァヴェッリ

1　失脚

何よりもニッコロ・マキァヴェッリはその分析眼をみずから鍛え、フィレンツェ共和国第二書記官長として、優柔不断な「正義の旗手」ピエロ・ソデリーニを支えてきたが、ときの流れと言おうか、当時のローマ教皇の在位年数がみな一〇年前後であったと同じく、ソデリーニの穏健な共和制もその温和さゆえにすさび始めてから、石以《も》て追わるるが如しで共和政体が崩れ、一〇余年で旧主の君主メディチ家の復帰を許してしまった。市内でのメディチ家の残党の反乱を契機として、味方だったフランスに見限られ、教皇の意を受けたスペイン軍が近郊のプラートまで迫ってきていて、内と外から崩れゆくフィレンツェにもう彌縫策《びほうさく》の類はなかった。

「正義の旗手」の官舎は政庁内にあったが、一五一二年九月、ニッコロはソデリーニを政庁から救い出しシエナへと逃がしてやった。その後ソデリーニはラグーザ〔イタリア半島の東岸に面するモリーゼ地方の対岸の、アドリア海に臨む都市。イタリア語も通じる〕へと永久追放された。この惨劇はフィレンツェ以外の半島内の強力な都市と、アルプス以北の列強との合従連衡《がっしょうれんこう》のほころびによる。それらはニッコロが派遣された都市や国家とほぼ重なり、ソデリーニ政権の右腕として市民軍を創設してピサ奪還まで活躍したが、ソデリーニ政権がその威力を維持できず、ニッコロの外交手腕じたいがフィレンツェを凋落《ちょうらく》させたともいえる。それほどまでに、自分が政府に尽力してきたのにと悔やむときもあった。

当時フィレンツェには四つの勢力があった。

一四九八年五月、絞首刑ののち焚刑《ふんけい》に処され、骨はアルノ川に棄てられたドミニコ会サン・マルコ修道院長サヴォナローラを支持する下層市民階層、寡頭貴族層の反メディチ派、ニッコロたちの中産市民層、それにメディチ党である。寡頭貴族層が政権を握るには、人口のわずか三パーセントにも充たない有産市民層によって構成される「大評議会」で勝利しなくてはならなかった。ニッコロはこの派に反対の立場を取っていたが、正直なところ、この時点でニッコロの軸足がどこにあったかは推測しがたい。下層市民階層の側ではないのは確かであろう。中産市民層の幅が大きかったとしたら、おそらく役人というみずからの身に鑑みて、メディチ家に近い立場にいた、というよりもそちらを選んだ……。その後の彼の言動がその証となる。

　思い返せば、当初の寡頭共和政体、簡単にいえばメディチ家の、それもロレンツォ豪華公（大ロレンツォ）の院政が誕生した一四六九年は、偶然か必然かニッコロがこの世に生を享《う》けた年でもあった。その大ロレンツォが九二年四三歳で早世してからフィレンツェの政治は波濤のなかに投げ込まれた。旧自国領であったナポリ奪還を目指してフランス軍が半島に攻め入ってきた際、なすすべもなく領土内を通過させてしまったメディチ家は即刻追放された。そののちドミニコ会の怪僧サヴォナローラの実質的支配を受けたが、これも四年間の短命で、サヴォナローラは失脚した。ニッコロの登場はこのサヴォナローラの、市民を煽り立てる演説模様を報告する、旧メディチ派で九四年の段階で教皇の側近だったリッチャルド・ベッキからの依頼を受けた所信風の返事からだった。それゆえニッコロはメディチ家と何らかのかかわりがあったと推察できる。

　特に大ロレンツォの三男ジュリアーノとは親交があったようで、彼に青年ニッコロは詩を幾編か捧げている。メディチ家復帰は正規な手続きを踏んだものだ。中産市民層から成る「大評議会」での議決でなく「全市民集会《パルラメント》」、その名の通りフィレンツェ全市民による集会での決定だった（一五一二年九月一六日）。大ロレンツォの三男ヌムール公、枢機卿《すうきけい》ジュリアーノの支配をニッコロは期待していたが、そうはならなかった。というのも、メディチ家の誰が嗣《つ》ごうが、ソデリーニの下で重用されすぎた自分が決してメディチ家に歓迎されないことまで思いが至っていなかったからだ。

だがしょせん役人であるわが身の進む道は主《あるじ》を戴くほかはないことは自明で、進路はメディチ家への仕官しかなかった。一六日に発布された「パルラメント法令」で、フィレンツェが再びメディチ家の支配下に置かれた。もちろんニッコロも、メディチ家にしたがい、大ロレンツォの次男ジョヴァンニに良策を献じたが、かえって悪い印象を与えたのか、一一月七日、すべての役職を解任された。ニッコロの補佐官で友人でもあったブオナコルシも同様だった。そこで、君主となるメディチ家に再度雇用されるために、反共和政体を謳った「君主のための『統治論』」を書くことに決めた。政治思想の書ではなく、「統治技術の書 arte dello stato」である。

ニッコロはわが身にそう言い聞かせて筆を執ろうとした矢先、冤罪《えんざい》の憂き目に遭ってしまった（一三年二月八日）。共和制復活を願う二人の急進的若者が、メディチ家の故大ロレンツォの三男、ジュリアーノの暗殺を企て、共犯候補者のリストにニッコロの名前も書き込んでいたのだった。

ニッコロはもともと共和主義者だったが、役職を罷免《ひめん》されたいまとなっては、家族の生活の安定が第一だった。君主体制のメディチ家に士官が決まれば、一定の俸給を手にできて家族を養えるから、任用されることがいちばんの希望だった。この際、政治上の主義主張は関係なかった。だから、共犯候補者のリストに自分の名前が挙がっていたことは迷惑千万だった。

当初ニッコロはかつてピサ兵の捕虜を入れて置いたスティンケと呼ばれる獄舎に拘置された。三月七日に判決が出て、ニッコロは罰金刑で済むが、罷免された役人の悲しさか、支払えるだけの金銭がなかった。実家はすでに抵当にはいっていたため、結局入獄になってしまう。罰金を払えないなら入獄というのもメディチ家の短慮とも取れるが、本音のところで、ニッコロの手腕を恐れ、それをこの際封じ込めておこう、という意図があったに違いない。逆を言えば、それほどニッコロは役人でありながら共和制の申し子、とメディチ家の重鎮たちはみなしていたし、その巧みな外交手腕を恐れてもいた。

獄舎《スティンケ》でニッコロが受けた罰は「ストラッパート」という拷問の類だった。囚人の両手を後ろ手で縛り天井に吊り上げる。そして落とす。引き上げられる際に肩から腕に力が入って、肩から腕が抜ける折もあった。罰金支払い能力なしの代わりにしては、あまりにも残酷な刑で、ニッコロは歯を食いしばって、宙吊りのまま潔白を訴えた。

そしてメディチ家でニッコロにいちばん近いとみなし、詩を贈ったことのあるジュリアーノに釈放の嘆願書を送ったが無駄だった。獄舎内は、蛾ほどの大きさのシラミが這いまわっているくらい不潔で、寝床はサルデニィアの湿地でも嗅いだことのないくらいの悪臭を放っていた。ニッコロは、エトナ山の噴火時の煙、マグマに呑み込まれたかのごとく息も絶えだえで、新鮮な空気を懇望する日々だった。鍵、締め釘に締めつけられるときの激痛。哀れなニッコロ。明け方、ようやく眠りにつこうとする折に聞こえてくる、死者に捧げられる聖歌！　その声に生者であるニッコロは救いを見出せるのだろうか。しかし天はニッコロを見棄てなかった。教皇ユリウス二世が一三年二月二一日に崩御。大ロレンツォの次男ジョヴァンニが教皇レオ（一〇世）として三月一一日に登位し、大恩赦が出て、ニッコロは晴れて自由の身となった。

ニッコロは冤罪をひょんなことから逃れたが、それがユリウス二世というニッコロが評価していた教皇の崩御が原因だった点を、自身、皮肉に思った。ユリウス二世は時勢にわが身を巧みに合わせてゆく能力に長け、万事につけ果敢な行動を取る教皇だった。ニッコロが出会ってきた教皇たち――その数こそ少ないが、ユリウス二世はそれまでの教皇が成し遂げたことのない偉業を達成した。

例えば、イタリア戦争の初期、この教皇が音頭を取って、神聖ローマ皇帝マクシミリアン、ヴェネツィア共和国、フィレンツェ共和国、イングランド、スイス人傭兵を味方に引き寄せて「神聖同盟」を作り、フランスのルイ一二世と対峙している。ユリウスの慧眼は、半島内の諸都市国家を傘下に置くための手を知悉《ちしつ》していた。その前のアレクサンデル六世が、シャルル八世相手に「対仏大同盟」を結んだときには、スペイン王と神聖ローマ皇帝といったアルプス以北の王を味方につけるのがやっとだった。もともとアレクサンデル六世はスペインを出身地としているからそうした誼《よしみ》でスペインが参画したのかもしれないが、ユリウスが自分のお膝元、それに強勒で名を馳せたスイス人傭兵を雇った点にこの教皇の具眼がある。

ニッコロはイタリア半島に何が起こるのかと、さまざまな角度から分析した。愉しくて仕方がなかった。解析に臨む際に求められるのは透徹した視線だ。むろんニッコロは冷静沈着だったが、彼の場合、これまでの外交官としての活動――とりわけ、イモラに本陣を構えた、アレクサンデル六世の庶子であるチェーザレ・ボルジアとの折衝――で交渉時の勘が鍛えられた。肝心のフィレンツェ政府の上層部がのらりくらりとして、ニッコロが毎日のように書き送った状況報告書に返信をよこさず、ボルジア公に謁見してさぐりを入れることで神経を磨《す》り減らした。こうした憤りを抑えて故国のために仕事をしても、ボルジア公からは、ニッコロが単なる使節であって、正規の大使ではないから、と苦言を呈せられる始末だった。はらわたが煮えくり返る怒りをニッコロは抑えるのだが、ニッコロとて人間で、それも男、抑制のはけ口として安い女を買った。

人間にはおそらく生前から定まった運命というものがあるのだろう、とイモラの地に来てしみじみと思った。恩赦で運よく釈放されたのも運気がついていて、チャンスが味方してくれたのだ。そうした運命を、好機を活かして引き寄せられる力こそ、ほんとうの力量であり、実力なのだ。

獄舎を出たニッコロにはもちろん定収入などなく、抵当に入っていた実家は流れてしまっていたが、行くあてもない一家は、なんとか一ヶ月ほど住みつづけることが許された。メディチ家からの雇用の要請を待つ期間としたのである。覚悟が必要だった。ニッコロは実弟で聖職者となったトットをなんとか教皇レオの近くに、と彼なりに奔走した。それにはローマでの仲介者がどうしても必要だった。レオの傍に弟を、自分はフィレンツェのメディチ家の新政権に、とは図々しい話であるのは充分承知のことだ。一挙両得などあり得ない。ニッコロはその時期、教皇庁駐箚《ちゅうさつ》フィレンツェ大使であったフランチェスコ・ヴェットーリに私信を書き送って、さまざまなことを訴えた。

彼は共和制下のフィレンツェで活躍して、その敏腕さを君主制側のメディチ家が嫌い、恐れたのに、半ば平然とメディチ家の関係者に、またメディチ家そのものへと接近した。これに何ら躊躇《ためら》いがない。この姿勢をどう捉えるか。「清濁併せ呑む」か、それとも「世わたり上手」か。どちらも「生計」という観点からみると、黒白《こくびゃく》をつけがたい。家族を養うという家の大黒柱としての責任感をニッコロは何よりも優先した。まず、衣食住。これさえ安定していれば、あとは野となれ山となれだ。

ニッコロがヴェットーリに送った書信の内容はニッコロのわがまま、いや強いていえば自分に都合のよいものばかりだった。自分がどれほどメディチ家のために役に立つ人材か。それには「仕官」を認めてもらうしかない。親しかった大ロレンツォの三男ジュリアーノがローマに向かったことを知ると、ローマならここフィレンツェより働きやすい、と一見意味不分明な文書をヴェットーリに送っている。メディチ家を代表する二人の兄弟がローマにいることにニッコロの心は浮足立ったのか。地理的問題は目下のところ二の次で、仕官こそ第一だ。しかしヴェットーリからの返信はあまりよいものではなく、ニッコロはこう書いた——

もし私などもう不要というのなら、この世に生を享けたときのままに生きるだけです。私は貧しく生まれ、愉しむよりも先に苦労することを覚えましたから。

（一五一三年四月一六日付、ヴェットーリ宛書簡）

こう書くまで追い詰められていた。日本では江戸時代、武士階級でも浪人層がいて、それも親子代々というひとたちがおり、その浪人が仕官の道を求めて、藩の剣術指南役を目指すという時代小説もある。「由比正雪の乱」など、改易の結果、主を失った武士——浪人——の反乱の典型だろう。公儀では隙をみては大名の領地や屋敷を没収して威光を誇示した。傘張りを内職として暮らしを立てている姿もよく描かれる。

そのうちどれほどのことが真実かどうかはわからないが、ニッコロの場合は武人ではなく、事務官僚だ。ここについぞ本格的な軍隊を持ち得なかったフィレンツェの無念がある。もちろんニッコロが第二書記官長時代に率先して市民軍を育成して、港都ピサを一〇年掛かりで奪還したが、その後市民軍は劣化して軍隊の意義を失った。軍人にもなれなかったニッコロはしょせん事務官僚から一歩も踏み出せなかった。四月一九日のヴェットーリからの手紙に、もうニッコロのために尽くす力をすべて使い果たした、とあって万事休すとなった。そのまえ、四月九日付の手紙でニッコロはヴェットーリの斡旋《あっせん》意欲を削ぎ取るような文言を並べてしまったのだった——

運の定めによって、職人業も金勘定もできないこの身には、じっと黙しているか、統治の話をするか、二つに一つなのです。

こういう自己卑下的な、諦念に充ちた内容を書き送って、それを受け取ったヴェットーリはやる気をむしり取られたことだろう。ニッコロはあくまで食らいついてゆくべきだった。そこに相手は気概をみて、安易に見棄てはしなかっただろう。ニッコロの悲観的な側面がはっきりと出ている。

もう諦めるしかなかった。一ヶ月の雇用のための待機を終えて、ニッコロはフィレンツェを退《ひ》くこととし、同地郊外、南西およそ一二キロにあるサン・カシアーノ近郊の、サンタンドレア・イン・ペルクシーナの山荘に隠棲することに臍《ほぞ》を固めた。

役人の身の切なさで、仕官先を絶えず探し求めなくてはならない。たとえ先方の政治体制が意に反するものであっても。この時点でニッコロは隠棲先の山荘で、「統治の術」はじめ、著述に専心することを決意していたことだろう。書きたいことはおそらく、それまで自分が体験してきたなかでも最も関心を抱いた「政治と宗教」と君主との関わり、それに子供たちのことを慮《おもんばか》って、教育の三つであったに違いない。

フィレンツェを心ならずも去ることは反面、思索と執筆への旅立ちだった。

出発の日の早朝、ニッコロは家族ともども、マキァヴェッリ家と関わりの深い、サンタ・クローチェ教会に詣で、旅路の無事と隠棲生活の安寧を祈った。朝の空気は爽やかで、帰宅後の遠出に何ら難儀なことが起きないという予想が立った。信心を怠ってはならない、とこの理論的な頭脳の持つ男のなかでも一種の信念としてあった。

2 都落ち

ニッコロの家族一行は四月上旬、春の花々がようやく咲き始め、のどかな風景のもと、落ち込む気持ちを気組みへと引き上げ、引っ越しの準備に余念がなかった。政権交代が起こらなければ、定住する機会など二度とないに違いないこの「花の都」を立ち去るいま、後悔の念、よしんば未練といった感情など抱く時間をなくすため、すぐさま荷物を積んだ馬車で街道を行くつもりでいる。一五〇一年の秋に結婚したマリエッタ・コルシーニとの間にこの時点で五人の子供がいたが、その後二人生まれ、合わせて七人の子供をもうけた。五男二女である。上から、長女で早世したプリマヴェーラ、長男ベルナルド、次男ロドヴィコ、三男グイド、四男ピエロ、次女バルトロメア（バーチ）、五男トットだ。このなかで長男、次男は気性が荒かったが、三男グイドの出来がよかったようで、ニッコロは期待を寄せることになる。

フィレンツェの南門であるローマ門からのびている街道を、途中で東に曲がればシエナへ、まっすぐ南進すると、すでにそこは昔の街道筋で、果てはローマまで行くことができる。かつて「正義の旗手」ピエロ・ソデリーニを逃した先はシエナだ。ニッコロはローマ門までソデリーニをメディチ家の追撃から守りながら連れ添ってきて、あらかじめ待機させていた馬車に尻を持ち上げるように押し込んで出立させた。そのときのソデリーニの臀部の肌触りがいまでも掌に残っている。生温かいまさに老人のそれだった。これからニッコロ一家は、ソデリーニ逃避行ほどの性急さはないにせよ、やはり逃げていくという気分は少なからず持ち合わせながら、それでも気を引き締めて、それと同じ門をくぐった。

家族とともに街道を二時間ほど行くと第二書記官長時代、よく部下のブオナコルシと湯治に訪れた温泉が左手にみえてくる。ローマまで何度か使者に立ったニッコロだから、この街道は慣れ親しんだものだが、その折の意気軒昂とした気分とは裏腹に落ちてゆく身には、まわりの春の息吹さえ棘《とげ》となって刺さってくる。あたりは田園地帯で、新緑の草木でおおわれ、花々の彩りが乱舞と映る。山坂が繰り返されてよもや、引っ越し荷物の運搬には楽とはいえないが、空気にどこか広がりがあって、ニッコロたち家族の労をいたわる優しさがただよっている。

ニッコロだけではあるまい。妻のマリエッタはいざ知らず、子供たちにとってこれは「旅」であり、馬とともに行くことじたいにもう、うきうきしているはずだ。子供たちの顔は夢見心地で、きらきらと汗が陽光をはねかえしている。大人たちが覚悟しているこれからのくすんだ生活とは正反対の、陽気さに充ちあふれた田舎生活を彼らは思い描いているに違いない。それでいいのだ、とニッコロは考えている。マリエッタも昨晩、フィレンツェでの最後の交わりの際、眉間に皺《しわ》を寄せながら子供たちにはかえってよい環境かもしれないわね、と息も絶えだえに呟いた。マリエッタは深く目をつむり、身がどこかに飛翔したように息を吐いていた。長く暮らした「花の都」での最後の性愛が夫婦二人にもたらした快なるものの底は深かった。これで明朝、出発することができる、と確信を得た。

田園地帯からだんだんと街道の両側に葡萄の樹が見え始めた。実り豊かな大地の香りが萌《きざ》してくる。葡萄畑の間を走る街道沿いにはトスカナ人以外の季節労働者がいて、それぞれの民族色が映えている。一定の間隔をおいて、お休み処であろう、バール〔喫茶と飲み屋が混ざったようなイタリア独特の店屋〕が構えている。子供たちも両親も喉をうるおすにはちょうどよい場だ。石造りの店のなかに入ると冷気のなか、長男が、

「ナトゥラーレ！」と叫んだ。

水を注文しているのだ。古代ローマ時代から上下水道の完備していた半島だったが、カルシウムを多量に含む水質までは調整がつかない。ポー川、アルノ川はじめ、わりとゆったりとした速度で半島を流れているので、カルシウムが海へと運ばれずに川底に沈殿している。

　そのカルシウムを含んだ水を飲むと腹を下す。だからミネラルウオーターでなくナチュラルウォーターを飲むよう心掛けている。長男が叫んだナトゥラーレとは、カルシウムを含んでいない水のことだ。本当はアックア・ナトゥラーレというが、ナトゥラーレだけで通じる。但し、炭酸が入っている場合があるから、炭酸抜きを希望する際には、アックア・ナトゥラーレ・センツァ・ガスと言って伝える。でもここまで正確に述べる必要はなく、長男のベルナルドは要領を心得ているのだ。いつの間にか息

子が成長していることがニッコロはうれしかった。とにかく子供たちを無事に育て上げなくてはならない。そのためにはなんとしても一定の収入が必要だったが、もういくら悔いても仕方がない。山荘にこもって……とニッコロは口に出さずに、まずはメディチ家（政権）への仕官のために君主制に役立つものを書かなくてはなるまい。

マリエッタ（マリ）がピサ再征服後帰宅し一仕事終えて呆然としているニッコロに言ったものだ。

「マキ（と妻はニッコロを呼ぶ）、ボルジア公の思い出もまじえながら〈統治の本〉でも書いてみたら」

「統治？」

「そう統治よ。マキはこの花の都を統治するために、ソデリーニ閣下の右腕として三〇代と四〇代初めまで尽くしてきたんだわ。政治を行なったのはソデリーニ閣下。でもいつも右顧左眄《うこさべん》する軟弱政体。あれじゃメディチ家に帰参を許してしまうのは当然よ。マキはいつもフィレンツェ共和国の統治方法に悩んでいた。政治家を目指せ、と閣下に誘われても、あなたのなかでは、arte dello stato が先にあった。統治の術・方法だわ。政治とどう違うのかと問われてもわたしなんかに説明は無理。あくまでマキを身近でみてきた妻だから言えるの」

ニッコロはこのマリの言葉で、自分では気がついていなかった「モノ」が鮮明に浮き上がってくるのを感じた。妻があたかも批評家のようにみえ、そのひとことが自分のどこかを突き動かし目覚めさせるのを悟った。つねに自分の日々の行動、発言などに気遣っていた妻にしか表現できない言葉だ。

「マリ、わが妻ながら君はじつに聡明な女性だよ。その通りかもしれない。ぼくは閣下から何度も政治に携わってみないか、と慫慂《しょうよう》されたが断ってきた。その理由ははっきりとは言えないが、どこか自分の歩む道ではない気がしたからだ。嘘ではない。何だったのだろうか。ちょっとしたことなんだがなあ……」

「マキ、それを明らかにするためにも統治の本を書くべきだわ」

みると子供たちは静かに水を飲んでいる。父と母が深刻ぶった話をしているので、不思議そうに、突っ立って二人を眺めている。これまで食卓はいつも賑やかだった。それが「都落ち」が決まってから、大黒柱であるニッコロの口が重たくなってしまった。何かを一心に思いつめたように、身じろぎもせず、手にしたスプーンがスープのなかに沈んだままだ。長男のベルナルドが下から見上げるように父の顔をうかがい、納得のいかないまま首を引っ込めたものだ。次男のロドヴィコも同じ仕草をした。

ニッコロはやっとわれに返って、ああ、ごめん、と応えるのがやっとだった。こうした雰囲気から脱するのも、「都落ち」の効用だと思えば、子供たちや妻、それにニッコロ自身も気が軽くなるはずだし、事実、街道を山荘に向かうにつれてうきうきするものが一家に培われ始めている。

ニッコロもナトゥラーレで渇きを癒して傍らの妻に目をやった。山荘に着いたその夜はマリエッタと床をともにしよう。ニッコロはマリエッタのからだに深い愛着を覚えている。まるで竪琴《チェトラ》のような哀愁に充ちた、子猫のような声を出す。それがいっそうの情欲をそそった。翌朝に疲れが出ることが最近多くなった。四〇歳を過ぎると目覚めが重たくなることが増えた。これが出張先で女を買っていた頃とは全く異なった体調の変化だ。もう若くはない。だがすぐに念頭に浮かぶのは仕官と生活のことだ。

ニッコロがほほ笑むとマリエッタが何？　といった問い返すような表情をして夫を見返した。

「そろそろ行こうか？」

「ええ、もう少しで山荘だもの」

「よしみんな出発だ！」

父親の声が石造りの店のなかで響くと、子供たちはいっせいに出口を目指した。外はちょうど南中前だ。家族全員で天を仰ぎ、馬車に乗った。ゆらりゆらりと街道を行く。第二書記官長として忠勤してきた一〇余年の思い出が走馬灯のように巡る。それは官長時代の各年代の思い出がからまる。のっそりと回る時代もあれば滑らかに回転する時期もあった。どれも自分が関わったものだ。あの指導力に疑問が残るソデリーニ閣下のもとでよくぞ身を粉にして働いたものだ。だが閣下が日和見《ひよりみ》だから、彼を補佐しなくてはと使命感に燃え、性根を据えて精魂傾けたのだ。異国への出張も使節の身分に甘んじて文句を言わずに引き受けた。その几帳面な性格がニッコロの首をいつのまにか絞めつけるようになって行ったが、それでも彼は能吏としての位置を保持しつづけた。よくいえば、ニッコロの才能が開花したのだ。が、それがメディチ家への仕官にはアダとなった。あちらを立てれば、こちらが立たずだ。一挙両得は贅沢なのか。

街道の土にさんさんと差す陽が白く目に飛び込んできて、子供たちの額には飲んだ水が汗となって流れ始めている。手の甲で拭い拭いしながら、マリエッタのもう少しよ、頑張って、という声に励まされて進んでいる。そういうマリエッタにも疲労の色が濃く浮かび出て、この転居におよんだみずからの責任の重さに気づかされる。水を飲んだあとのニッコロもひどくくたびれている。山荘まで登り道を一気に行くべきだったか。この道は今後、何度も通ることになるだろうが、その用向きは、メディチ家であってほしい。ニッコロは大ロレンツォの子供たちとの仲は決して悪くない。でもその近さゆえに逆に警戒されているのかもしれない。仲の良いことがムダとなる場合だってあるのだろう。ジュリアーノとジョヴァンニとの距離について考えてみる。彼らとの関係作りを仕損じた覚えはない。あるとしたら、権力の実態が一変したことだ。「権力」とは「仮の力」だ。早晩変わるだろう。そのときはニッコロの出番だ。共和制になっているだろうか。ここに受け身の要素があることに彼はとっくに気づいている。能動的になるには政治の世界に打って出なくてはならない。だがそれができないし、したくない。

「父さん、いい匂いだね」とロドヴィコが晴れやかな声を出す。

「ああ、いい風だ」とニッコロは応えた。

髪の毛が風になびくと、この風がもうフィレンツェ市街の、石造りの建物に囲まれた、どこかせせこましい風情と異なっていることを感じる。馬車の上の家族も全員、同じ気分に浸っているだろうか。子供たちはまだ大人が感受するような感覚を受け止めることはできないかもしれない。でもそのほうが、これから住むことになる山荘の周辺を新たな故郷と思ってくれるだろうから、かえってよいとニッコロは思うし、マリエッタも同様だろう。この透き通るような風の色と匂いがそうした考えをもたらしてくれる。空も碧《あお》くて浮いている雲が東へ西へとうつろう。

この空の色はニッコロがピサを一〇年かけて攻略・奪還したときに仰ぎみた空とほぼ同じ彩りだ。当時の空のほうがいっそう濃い碧ではなかったか。それは勝利ゆえの歓喜が折り重なっていたからだろう。いまの都落ちの空はなぜかはかなくせつなく、紺碧にもほど遠い。

こうした印象がみな自分の心象風景であることを偽る気はない。ただそれにしてもあまりにも落差がありすぎる。フィレンツェを囲む市壁の外の景色には、美が豊かにただよっているが、それが艶《つや》っぽいものであればあるほど、いまの自分の惨めさが一段と浮き彫りにされる。その対比が恨めしい。マリエッタとて同様だろう。昨夜、精を放ったとき、マリエッタの心音が高まっていながらも目に涙をためていた。何となぐさめてよいか、表現すべき言葉さえみつからなかった。快楽も悦楽もすべて一瞬のうちに消え去った。マリエッタの古都への愛着がいかに深く、そこが夫の活躍の場であったことを重ね合わせて、にわかに涙腺がゆるんだに違いない。ニッコロはなおさらいじらしく思い、妻をしっかと抱きしめた。胸が涙で冷たかった。

街道はだらだらとつづいてゆく。山荘は隠棲の地だが、それほど貧相な造りではない。石造りで、玄関を入ると目の前に地階へと向かう階段があり、地下と地上の真ん中あたりの、向かって左手に厨房がある。まるで洞窟のようなところで、よくもこのような場所にこうしたものを、と訪れるたびに感じ入るが、地階が葡萄酒樽置き場であることを考えると、理に適《かな》っているとも思う。一階は左右に部屋があって、それぞれその奥にも一室ずつあり、奥の部屋からは広大な葡萄園をみわたせる。葡萄園も風にさらされている。かつて訪ねたとき、ほぼ一日中、部屋にこもっていると、乾燥した風ゆえにすれっからしの心持ちに陥るときがままあった。ニッコロはにやりとした。

その「にやり」はいまのニッコロの心境そのものだった。本や論考を執筆したいという意気込みは「都落ち」の理由づけにすぎないことは実感していた。マリエッタに伝え、彼女も納得した当たり障りのない決心に嘘はなかったが、どこか蟠《わだかま》りがうずいていた。山荘での生活を意義あるものにするには、統治の本のなかに込める息吹き——具体的には何について多くを語るかを絞る必要があった。論点が漫然としていたら全体から求心力が失せ、ぼやけた書になってしまう。これはニッコロの行動規範に反する。書物には書き手の思いが映し出される。積極的に活動した者の本には、明確な主題と文体が必須なのだ。ニッコロの愛読書の一冊にダンテ以後にまとめられた、編者未詳の説話集があったが、読んでも、表題と外れた内容なので、困惑した覚えがある。そういう時代があったのだろうが、自著ではそれを極力避けたいと願っている。山荘での暮らしが待ち遠しい。意義ある新たな出発としたい。

3　山荘

山荘の鍵は街道をはさんで真向かいの父方の叔父のポラルドに預けている。葡萄園を所有していて、瀟洒《しょうしゃ》なトラットリーア〔一般的な大衆食堂〕を経営している。法律を学んだ父と違って、全体から弾けんばかりの熱量を放ち、辛気臭いところはどこにもない。ニッコロが、隠棲することになった、と悲観的に伝えても、ポラルド叔父には露ほどの問題でもないらしく、

「そうか、宮仕えともおさらばとなってよい機会だ、すこし羽を伸ばして味わいのある生活をすることだな」とこともなげに言った。

同じ兄弟でも眉間《みけん》にいつも皺をよせていた法律家の父と大違いだ。子供たちはこの叔父を好いていた。小言ひとついわず。遊び相手になってくれ、葡萄畑の収穫の手伝いをさせてもくれた。フィレンツェという古都もよいが、こうした丘の上の拓けたと

ころにある山荘も、子供たちにとっては楽園であろう。また叔父の経営するトラットリーアも魅力のひとつのはずだ。ここには近くに住むいろいろな職業のひとたちがやってきてはくつろいでいた。子供たちにしてみれば、街のひととは異なる村人に心惹かれ、そのひとたちが繰り広げるカードゲームでのカードを配る手つきの鮮やかさに、息を呑むことだろう。

「ポラルド叔父さん、たったいま着きました」

「いやあ、お疲れさま。ちょっと休んでから荷物を入れればいい。喉も渇いただろう。さあ、マキもお入り。空いている椅子に腰かけて。炭酸水でもどうだ。すっきりするぞ」

「叔父さん、ぼくには蜂蜜水を、マリにも。マリ、いいね」

「ええ、マキの通りに」

客はまだなく、店内はガラガラだった。子供たちはめいめい好き勝手に席を選んで坐った。目の前のテーブルの上に両手を置いて、卓をたたいた。

「さぞかし、くたびれたことだろうな」

「そうでもないですよ。子供たちがいい子にしていてくれたんで」

そう応えたマリエッタを、目を細めてみやったポラルドの頬に皺ができてそれが笑みとなった。亡き父ベルナルドに兄弟は多かったが、みな夭折して、ポラルド叔父しか残っていない。このひとは独り身で、だからニッコロの子供たちはいとことという者を持たない。身内という縁をニッコロはとても大切に考えている。この言葉にはどこか温かみが宿っていて、その衣を羽織っていれば安堵の念に包まれる。運命共同体のようなものでもあり、血縁の持つ底知れぬ包容力が感じられる。マリエッタの姉も独り身だから、母方にいとこなど望めない。ニッコロの姉はすでに結婚して子供もいるが、つき合いがなく、いくらいとこなる存在がいても、息子や娘たちにとっては、〝遠くの親戚よりも近くの友だち〟の通りで、冷めた関係にある姉一家よりも、一緒に退職に追い込まれたニッコロの部下で友人だったブオナコルシ一家との絆のほうが深いだろう。

人間関係に一定したものなどなく、どこかで裂けたり何度もくっついたり離れたりしながら気づいたら半世紀近くの交際になっていたりもする。ニッコロはこのようなひとととひととの間柄をみつめているうちに、都市国家単位でも同じことがいえるのではないかと思いもする。国政に関与してきた自分だからこそ、なおさらその考えは強い。

それでもニッコロは、自分が直接政治に携わったとはみなしていない。政治を傍で眺めてはきたけれど、自分の生き方としては官僚が正解であり、当時、宮廷や共和国の官僚となり得たのは人文主義的教育・教養を積んだ者に限られていたし、みずからをキリスト教人文主義者とみなしていた。人文主義者の生きてゆく道をニッコロはその通りに進んでいるのであって、政治家でも政治思想家でもない。

「マキ、あぶら売ってないで、そろそろ荷物を山荘のなかに入れましょう」

マリエッタが促した。叔父からわたされた鍵を手にしたニッコロが鍵穴に鍵を差し入れてぐるりと一回転させた。たまにしか鍵を開けたことがなかったので心配したが、カチャッと金属的な音が響き、掌を押し当てると、重たそうだが乾燥した木製の扉が開いた。ニッコロの脇の下を子供たちが通り抜けてゆく。あわてて脇を上げた。はしゃいだ叫び声が乱舞する。ニッコロとマリエッタは顔を見合わせると、互いに微笑み合い、これは自分たちだけで荷物を運び入れなくてはならないぞ、と気を引き締めた。午前中に着いたのがせめてもの慰めだ。馬車いっぱいに四〇年以上暮らしたフィレンツェの家のすべてが詰まっている。思い出という宝物だ。

「さあ、マリ、始めようか」

「ええ。まず、重いものからにしましょう」

「そうだな、本棚はなかにあるから、書物といこうか。本は重いから、しっかりとな。

抱きかかえるのがいいと思うよ」

「はい」

マリエッタの声はこれから始まる葡萄畑に困まれた山荘での生活からただよう匂いに誘《いざな》われているのか、なぜかやる気が高まっている。古都での日々はニッコロが昼食を摂りにいったん帰宅するときを除いて、育児と家事に時間がつぶされ、夫が教えてくれたラテン語で読みたい本を読む時間もなかった。ニッコロとは、マリエッタの姉が妹のラテン語の家庭教師を彼に頼んだのがそもそもの出会いだった。マリエッタはイタリア語とは似て非なる難解なこの古代ローマ人が用いた言語を食らいつくように学び、ニッコロが驚くほどの進歩をみせた。

ラテン語習得には語学の才能のほかに語学獲得に必要な独特の辛抱と忍耐がいる。マリエッタにはその二つが期せずして備わっていた。彼女の姉が頭を下げて妹の家庭教師を依頼してきたのは、姉がすでに妹の裡《うち》にその才を見出していたことになる。その期待に妹が応え、姉の慧眼を証明した。ニッコロは初め彼女のひたむきさに惹かれていたが、やがてそれは恋に変わった。ある日、今日はここまでと打ち切って、驚いたマリエッタの隙を狙って、ニッコロが押し倒した。もともとニッコロは女好きで、古都の廓《くるわ》の常連であり、家庭教師代も廓通いに消えることが大半だったが、これで特定の女性との関係ができ、性欲を充たし得るという期待に胸が高鳴った。マリエッタは生娘だった。廓の女に乙女などおらず、ニッコロははじめて処女を抱いた。結婚したのはそれから二、三年あとのことだが、それ以前にマリエッタはマキァヴェッリ家に越してきて、もう家族同然だった。

そのマリエッタが母親になって、第二の人生の門出の場でかいがいしく働いている。少なくともマリエッタにしてみれば夫と一緒ならどこで新たな人生を始めようとも、まったく構わなかった。

「マキ、何ぼんやりしているの？　さっさと運びなさいな」

「わかったよ、そう急ぎなさんな」

こうした遣り取りにも、ニッコロはマリエッタの、妻としてまた母親としての貫禄みたいなものを感じる。マキァヴェッリ家を支えるという力強い気概を見て取れるからだ。他人から妻の尻の下に敷かれているとからかわれても構わないし、そのほうが気が楽だった。彼女のおかげで自分は仕事に励むことができるのだから。

だが官僚の仕事がなくなったいまは、まるで手足をもぎ取られて何もできない動物のようだ。ここで一家が暮らしていくには、葡萄畑で生《な》った葡萄から葡萄酒を造り、それを街まで売りに行くことで最低限の生活費を稼ぐ必要がある。近隣の子供たちを集めて私塾でも、と考えないわけではなかったが、教えるのならラテン語を、と思っていたニッコロの理想は高すぎて、とてもこの周辺のひとたちの求めに適うはずもなく、かといってトスカーナ方言を教える気などもなく、なす術《すべ》もなく苦悶した。

言葉のほかにには数学や歴史などが念頭に上ってきたが、数学は教えられるほどの自信はなく、歴史はやはり、リウィスやボエティウスを原文（ラテン語）で読まないといけないので、無理だろう。ニッコロの頭のなかに軍事問題は当初よりあり、実際に軍事顧問として売り込むべく各君主国の宮殿やボルジア公の本陣をイモラに訪ねていたが、こと経済問題についての認識が欠如していた。一世紀余りまえのフィレンツェで盛行したルネサンス文化運動は中世後期からの地中海貿易や東方貿易による富の蓄積に拠ってこそ成り立ったのに、その素晴らしさに目を向けられても、ニッコロはその文化現象が半島の平和の裡に成り立ったことにしか着目せず、経世家にはとても遠いところにいた。人文主義教育に経済という科目はなく、これはニッコロのせいではなく時代が経済にまだ視点を置かずともよい時代だったからにすぎない。

イタリア半島に存在していたのはいまだ「商業」で、「経済」という概念はまだなかった。教会は商売や商人にたいしては、徐々に緩和されてくるにせよ、金銭がからむゆえに悪徳の対象とみなし、特に「利子」についてはいつまでも認めようとはしなかった。経済のなかに商業は内包されるだろうが、その逆はない。ニッコロの思考の限界をそこに求めてもよいが、時代的制約を考える必要もある。

一四五四年、前年に東ローマ帝国の首都であるコンスタンティノープルを陥落させたオスマン帝国の脅威に鑑みて、北イタリアの小都市ローディで、半島の五つの国〔ミラノ公国、ヴェネツィア共和国、フィレンツェ共和国、教皇領、ナポリ王国〕が対オスマン帝国で軍事的に一致団結した（この後四〇年間「イタリアの平和」）。

子供たちも存外よい働き手になってくれたから、荷物の運び入れにはそれほど時間がかからなかった。ニッコロは指図する側に徹したのがよかったのに違いない。こうした作業には役割分担が重要で、各自が自分にあてがわれた役目をうまくこなしていれば、作業は早晩片がつく。

ニッコロの得手な点は指示を出すことにあった。書記官長の時代も、一応、上司の言うことにはしたがったが、現場での判断はもっぱら自分の裁量で行なった。だが、イモラでのボルジア公とのときも、その前のフランス王ルイの折も、彼の身分が「大使」ではなく「使節」であって、決定権がなくて、結果、相手にしてもらえなかった。役人というみずからの位置をそのときほど恨めしく思ったことはない。しょせん自分は水面下で作業にあたる役回りなのだ。

家庭ではそうではなく、頼りとされる大黒柱だった。しかし、ニッコロはマリエッタを立てて、あれこれ細かく気遣った。彼女のいないマキァヴェッリ家など想像もつかないからだ。ならばどこでニッコロは気を抜くのか。それは廓であった。ここは金を介してモノを買う、という感情を入れる必要のない制度だったからだ。

ニッコロは妻を持つ身でありながら他の女と頻繁に交わることに明け暮くれた。男の陽根、女の女陰こそ、次世代の生命を生み出す神聖なる場所だが、恥部ともいわれて隠すべき、恥ずべき部分ともみなされている。ニッコロは双方の意義を認め、子孫を増やしていくつもりだが、その行為のときに生じる射精の心地よさには酔いしれた。回数に限度はあるが、このときに起こる射精の悦楽はたとえようがなく、生命観が充溢するのだ。神聖なる儀式は妻に限ればよい。ほかの女との行為はみな官能の羽化登《うかとう》仙《せん》の思いに等しい。

彼は上品な女や上流階層の女を好まない。下層の女、農婦がよい。これまで各地出張のたびに抱いた。ときに性器から異様な臭いをたたせている女もいたが、そのほうが余計に燃えた。三回まではできたが、それ以上は顎を出した。そして女の腹の上で爆睡した。女もいびきをかいた。こうして奪われていくのは体力だが、出張先の君主や大貴族や腐敗しきった聖職者相手の交渉の憂さを晴らすには酒より女に如《し》くはなかった。

酒は心地よい酔いをもたらすが、飲酒後はタガがゆるんだようにからだが砕けていくので、生理的になじまなかった。それに引き替え女の肌の温もりは適度な汗とともに女と一つにしてくれた。射精後の姿がそれを如実に顕わしている。ニッコロにとって女を抱くことは自己の生の確認であり、もっと厳密にいえば、日常生活でのみずからの居場所探しだった。共和制フィレンツェの能吏としての地位——それは公《おおやけ》の場での自分であり、一方、家庭では子供たちにとっては父親であり、妻とは交接し話をする間柄だった。これらを欠いた自分を想像することはできなかった。

4　毒殺

「マキ、のほほんとしていて役に立たないわね。それでよく書記官長が務まっていたわね」

ごもっともな不平である。荷造りでも運び出しでも運び入れでも役に立たない。役人の仕事を措《お》いて自分らしさを発揮できる場がないのか。家庭でのマキは単なるごくつぶしだ。子づくりだけに励んでいる、というよりぽんぽんと生まれてくるのだからある意味でマリエッタには手に負えない。

マキは家庭人とはとてもいえない。昼食時には政庁舎から自宅にもどって昼食を摂るのだが、これがわりと張り合いになっている。

フィレンツェ人にとって昼食ほど大きな意味を持つものはないからだ。マキは朝はほとんど食べずに政庁に出仕する。食したとしてもビスケットの類をかじるくらいだ。あとは砂糖湯。それでよい。自分もそれですます。子供たちもそうだ。だからマキをはじめとして家族全員が昼食に期待するので、腕によりをかけてパスタ料理を作る。

アルプス以北の出張からもどってくるたびにマキは、北方の料理は不味《まず》いと酷評した。半島の料理にはかなわないとも付言する。

「マリ、これは実感なのだが、こと料理に関して、半島からアルプス山脈を越えて北に行くほど不味くなっていくのではないだろうか。神聖ローマ帝国の各領邦などひどいものだったよ。魚と芋の組み合わせだけで、とても料理とはいえない。あれは食い物だよ。ビールだけだ、美味《うま》いのは」

このような文句たらたらの、帰国後のマキの顔には、美食に憧れた一種の苦渋めいたものがうっすらと浮いている。しかしそれが本当の理由らしく聞こえないわけは、味以外にも原因があるからだ。妻としては口にしたくないが、相も変わらず女を買っているのだ。自分のからだでは充たされない性欲の捌《は》け口をよその土地の女に求めている。いや、フィレンツェにも馴染みの娼婦がいて、愉しい時間を過ごしているのもわかっている。

これはマキに取り憑いた淫乱の神の計らいだと諦めて、悔しい思いに駆られるが、大目にみている。だから出張から帰宅後の交わりのとき、出先での、夫のアレに付着した穢れをみずからの舌でそぎ落とすことにしている。その夜、マキには二回目になるが、再度硬くなってきた段階で、「なか」へと導く。かなりの時間、マキはなかにいて、自分も二、三回、頂上に達する。空閨《くうけい》だった数日を充たしてくれるこの上ないひとときだ。夫婦の間のことは墓まで持っていくものだという意向のひともいるが、夫の明々白々の「不義」を、明言する恥辱がいつの間にか消えてしまっている。仮に危機を覚えても、家族団欒の昼食と夕食がきちんとしているかぎり、亀裂が入ることはない。

マキは、子供たちが膝に抱えて運び入れた箱をこじ開けて本を取り出しては、備えつけられている書架に収めている。それほどの数はないが、読書の傾向は決まっていて、ダンテやペトラルカの俗語の詩集、リウィウスやポリュビオスなどの古代ローマの歴史書等々である。引っ越し作業に結構時間を要したが、後半になってさすがに男気をみせて、マキは力を尽くして荷物を運び入れ、荷解きをした。

陽は翳《かげ》り、もう少したったら夕食の支度だ。今夜はありあわせのもので間に合わせるしかない。少女の頃から粗食に慣れてきたわたしの舌に美食は合わないが、幸いなことにマキもそうで、というより美食を求めないその心構えがうれしい。半島は味の王国だ。それぞれの都市には独特のレシピがあって、食卓を美味が飾る。マキが出張のときどういうものを食べているか、見当もつかないが、帰国後、わたしの手料理に舌つづみを打つのだから、自信を持っていいのだろう。

引っ越しを終え夕食を済ませると、神へ祈りを捧げ、マキは仕事着から官服に着替えて、昼間ごったがえしていた書斎の整理をしてから、一息つくと書斎のひととなった。それまで騒がしかった物音がにわかに静まって、扉の内が静寂につつまれている。マキはダンテやペトラルカの世界に没入している。世間の塵を棄て去って、偉大な先賢の活字の海をわたっているに違いない。

このときがマキにとっていちばんの至福なのだ。物音ひとつしない書斎の色濃い空気。ペトラルカにとって愛するラウラの死は職を失ったマキの心情と重なっているはずだ。ダンテの構築した三界（地獄・煉獄・天国）のどこにマキは自分の位置を見出しているとことだろう。まさか地獄ではあるまい。だがマキの活躍した世界はまさに地獄だった……。その地獄でマキは人間の本性を目の当たりにし、みずからの生きる術を求めつづけた。書記官長といえどもしょせん役人だ。その分をわきまえた上での活動範囲にはおのずと限界があった。失職すれば隠棲して生きてゆくのがよい。但し、マキがそれに耐え得るかどうか、わからない。

マキには願いがたくさんあったはずだ。何よりもの願いはソデリーニ「終身正義の旗手」閣下に、その優柔不断な性格を棄ててほしかったことだろう。この悪癖のせいで政府から外交使節のマキへの回答がのびのびになって、その苦情がいつもわたしへの私信に訴えられてきた。使節は大使ではないから、思い切った考えを祖国が決定したものとして訴えることができないし、相手も使節の文言を真に受けない。祖国と出張先の国とに挟まれてにっちもさっちもいかなくなる。このいらいらを、女を買ってまぎらわせているのか。男の生理などわからないが、これはわたしの妻としての勘であり、正直いって嫌だ。けがわらしい。

わずかな日数で帰国できるはずであった、チェーザレ・ボルジア公が本陣を布いていたポー川沿岸の小都市イモラに派遣されたときほど難儀したことはなかったようだ。このときの経験がその後のマキの官僚生活をより充実させたと思うにせよ、だ。相手は信仰などどこ吹く風の世俗世界にどっぷり浸かった縁故主義の、アレクサンデル聖下の子息で、教皇の息子という地位を笠に着た精悍な貴公子だった。このときマキはほぼ毎日、書簡を政庁に書き送ったという。でも待てど暮らせど返事はなく、いい加減政庁の政治家どものふがいなさに呆れたそうだ。フィレンツェ共和国の動きしだいで、ボルジア公が攻めてくるかもしれないのに。

このときマキの友人で部下でもあるブオナコルシがある情報をもらしてくれた。

「奥さまどうかご内密に」

ブオナコルシは明かり採りのある台所で耳打ちするような、蚊の鳴くような低い声で、つづけた。

「官長殿の考えとは思われないのですが、イモラ滞在中、小生宛ての手紙にこうありました。教皇聖下に毒を盛れ、というご命令で、わが輩も思わず息が止まったものです」

「教皇さまのお命を？　まさか」

「いいえ本気のようで、そこまでにいたる計画書まで同封してきました。いったいなぜでしょう?」

「わたしでも少しくらいは想像がつくわ。今上《きんじょう》聖下は俗物で、破門などには積極的だけど、側近を身内で固め、ボルジア公も名門のピサ大学に入学させた。メディチ家の兄弟とも誼を通じている。地獄行きの人物だわ」

「でも寿命というものがある。官長殿はそれを早めよと?」

「そうすれば、ボルジア公が後ろ盾を失ってローマにもどり、平和が訪れる。それってそのための手立てでしょうね、きっと」

「はい、ボルジア公の脅威から逃れるには、聖下の寿命を意図的に縮めるしか手はない……」

「そうね、教皇様の在位、つまりご寿命は一〇年前後と決まっていますものね」

「そうです。もう少しでその年数に達しますが、フィレンツェを守るほうが大事だというのが官長殿のご意見のようです」

「それでその毒殺、いったい誰がいつ、どうやってするの?」

「わが輩が動くことになります。官長殿は教皇庁の尚書院にご友人がおいでのようで、やはりこの方も聖下の自堕落を憂いていらっしゃる。官長殿とはその点以外にも見解が一致する事柄が多く、今回の企てもすぐに引き受けてくれたそうです。毒は教皇庁の外でわたすことになっています」

「もし失敗したら？」

「いいえ大丈夫です。それは万に一つの場合でしょう。毒は粉状で、カンタレラという名の粉末です。雪のように白く、心地よいほど甘美だといわれています。ナトゥラーレにでも溶かし込ませる所存です」

「ほんとうにうまくいくのかしら」

「やってみるしかありません。この世から悪を絶たねば……」

「それでいつローマに発《た》つの？」

「明朝です」

「わざわざ知らせにきてくださってありがとう」

「いいえ、官長殿からも奥さまにお伝えせよ、との連絡を受けていますから」

これを聞き、にわかに不吉な想いにとらわれた。イモラにいるマキの命も危ないのではないか。ローマの友人がもし失敗したらその罪がマキにまで及ぶのではあるまいか。ブオナコルシは暗にそれを伝えにわざわざやってきてくれたのに違いない。「類は友を呼ぶ」ではなく「類は悪を呼ぶ」。ひんやりとした風が背筋を走った。それにこうした恐ろしい会話がこうも淀みなく進んでよいものか。それも怖い。

「官長殿のイモラ在留は、ボルジア公が傭兵隊長からの反乱を抑え込んだのが一五〇二年の一二月三一日（シニガッリアの勝利）からですから、その直後からになりますね。毒殺の手紙を受け取ったのは、今年の春です」

「それで……」

「……一四九二年インノケンティウス八世が崩御すると、今上聖下が登位されました。アレクサンデル聖下の命で二人の枢機卿が誕生し、その後ボルジア家からは五人の枢機卿が生まれましたが、こうした側近に親族を集めるのは、アレクサンデル聖下に限ったことではありません。一五〇〇年の聖年を祝った教皇でもありますが、そのとき発した免罪符で得た金銭はほぼ、ボルジア公の戦費に充てたに違いありません。こうした財源と権威とを笠にボルジア公は教皇領の〈整地〉へと、ローマを出発したわけです。その〈整地〉が大成功で、次々と乱れていた教皇領をわが手にしていきました。それからイモラの官長殿から指示をもらっているわが身はローマに赴き、官長殿から伝え聞いていた人物と会って、毒物をわたすつもりです。その方は教皇聖下の側近に近く、聖下の零落ぶり、腐敗の極み、芸術家擁護への多大な出費をたいへん嘆いておられるそうです。その発端としてご長男の死が後を引いていると申していました、というよりも聖下がお子さんを持たれることじたいのほうが道義に反すると思いませんか、と問うてくる始末です。もっともな話なので頷かざるを得ませんでした。その側近のピッキーノという壮年のおひとはこうも言ったものです。贅沢三昧、身内政治を敢行した、宗教家というよりも政治家、生来我儘《わがまま》なあのお方の最終的な狙いは、幾多の〈家〉の支配下に置かれて乱れている教皇領の統治と拡大という領土的野心で、そのために文武両道に秀でたご次男のチェーザレ・ボルジア公の遠征の手助けをしたわけです。その毒は即効性で、必ず死にいたる特効薬だとのことです」

「そう、怖い薬だわね。マキがそんな薬のことを知っているなんてびっくりだわ」

「ほんとに。わが輩もフィレンツェのアルベルト薬局に買い求めに出向いたとき、店主のアルベルト爺さんが官長殿からの手紙ですでに知っていて、一昨日、イングランドから届いております、と言って薬の入った小瓶を差し出したので、驚きました。代金は官長殿から頂戴している、とのことでした」

「手まわしのよいことね」

「ええ。官長殿らしいですよ」


マリエッタとブオナコルシは会話を終えると深い溜息をついた。二人とも咽喉が渇き切っていた。

ブオナコルシの工作は成功したとみえて、教皇は一五〇三年八月中旬に崩御された。その後すぐにボルジア公は後ろ盾を失い、敗軍の将となってローマに帰った。ニッコロもフィレンツェにもどれた。

5　集い

メディチ家復帰とともに失脚したニッコロは、実家ともいえるフィレンツェ郊外のサンタンドレアの山荘で暮らすうち、ときに共和派の青年たちに招かれてフィレンツェのルチェッライ家のオリチェッライ庭園でともに過ごす機会に恵まれた。

一五世紀後半に活躍した医師にしてプラトンや新プラトン主義、それに古代神学のひとつである『ヘルメス教』などの文献を、原典のギリシア語からラテン語に翻訳したマルシリオ・フィチーノが元気だった頃、知の中心は郊外のカレッジにあるメディチ家の別荘であるプラトン・アカデミーだった。しかし当時の有識者たちが世を去って、復帰したメディチ家の世になったにしても、共和制を信奉する若者たちが残存していて、第二の知の中心地に集まって議論を戦わせていた。

その集いの場は庭園で、フィエーゾレの丘を見上げる地にあった。塀に囲まれており、あずま屋もあり、小径の傍らには大理石のベンチや、古代ローマの文人や政治家の胸像が置かれていた。会話や討論にはもってこいの環境だ。

「プラトン・アカデミーの再生の場です」

ニッコロを招いてくれた主宰者コジミーノ・ルチェッライが述べた。コジミーノの祖父がこのオリチェッライ庭園を設計した。ベルナルド・ルチェッライといって、大ロレンツォの時代にメディチ家と交流が深い文芸愛好家《ディレッタント》だ。フィレンツェ政治の中枢にいたが、サヴォナローラの急進的な改革に異を唱え、怪僧の没後は共和制支持者として「正義の旗手」の創設に賛同するものの、ソデリーニと肌が合わず、フィレンツェを去っていた。

ソデリーニ政権が倒れると帰国して、庭園を有識者の集いの場とした。フィチーノの場合は理念的な思想や哲学方面の話が多かったが、ルチェッライは主に、歴史や政治方面に興味のある友人・知人たちと会合を持った。俗語やラテン語についても話が持たれた。これはニッコロの関心と重なった。ニッコロの功績といえば、哲学的というよりは現場主義的な分野が多く、統治の術、即ち『君主論』はもっぱら現実に根差した書であり、したがって方法と倫理が交錯するかたちを取っていた。

この二つをニッコロは錯綜せぬように編み合わせ、「運命と力量」といった標語を通して世俗世界をさばいた。換言すればレッテル貼りだ。具体的事例から一定の観念を抽出して巧みに貼りつける。これが抜群にうまい。人物なり事象なりに見合った方向性を示唆するのはある種の天賦の才がいる。プロの目線だ。多方面から事例を観察できる人物には可能だ。愛好家の目はプロと違って一方向からの観察に限られるが、愉しみでもある。ディレッタンティズムのなかには「愉しむ」という意味が含まれている。プロは仕事だから「愉しんではならず、作業に集中するのみ」だ。

この庭園でニッコロは隠棲という逼塞《ひっそく》からの解放という意味もあって、若者たちと愉快に対話ができた。学識のある上流の傭兵隊長と出会うこともあり、ニッコロは相好を崩して戦について論議した。ときには政府からやってくる人間が、喫緊《きっきん》の情報をもたらすときもあり、みなはこぞって議論の対象とした。ニッコロの得意としたのは外務官僚として手腕を発揮した、外交問題だった。

官長殿、とみなは尊敬を込めて話しかけてきた。

「フランスのルイ王とは一体どのようなお方でしたか?」

ニッコロは一〇余年前のことをあたかもはるか遠くの景色を眺めるように、フィエーゾレの丘に目を馳せて、話し始めた。

「陛下はもの静かな話し方をされるのだが、心根には強靭なものを持たれていて、側近のルーアンの枢機卿に必ず一言うかがいを立てて、わたしに答弁をなさったものだよ。フランスをいまのような強固な国にする基を築かれた賢明な方だが、その聡明さを外には決して出さず、常に柔和に振る舞われたものだ。フランス流のウイットも持ち合わせておられ、交渉時は各地を転々とされ、あの僻地《へきち》のナントまで宮殿を移されたときには、使命とはいえ、さすがに困惑したものだ。ペストによる災厄を避ける配慮もあったようで、御身も危険にさらされてはと、後を追ったものだ。あの方がまさかミラノ公国に攻め入るとは思ってもいなかったな」

「それは血縁をネタにしたものでしたね」

「ネタ？　ああ、仕掛けか。そうとも言えるし、言えないかもしれない。血族関係がもともとあったのだから……」

ニッコロは相手の知ったような顔を見据えて答えた。

「……血の問題はとても難解で……なにせ目にみえないものだから」

するとその傍らにいたすらりとした背の青年が、

「血族問題が関わってくるとどこの国でも厄介な事態に陥りますね」

と、ご立派なことを言い放った。ニッコロは青年をつくづく見遣り、利発そうに思えるこの青年にして、しごく当たり前にしか対応できないのか、と、ちょっとがっかりした。他人よりずば抜けて秀でたことを発言するには及ばないが、言葉に絶えず血肉を通わせなくては相手の胸を打たないものだ。ありきたりの、どこにでも通用する文言であってはならない。

ニッコロは注意しようと思ったがよした。成長し経験を重ねてゆくうちにおのずとわかることだから。だがニッコロはこうした未成熟な青年を好ましく思った。率直にいって夢がある。夢こそ第一だ。自分にもそのような時期があったが、書記官長時代の一〇余年でみな埃にまみれてしまった。もとの自分の姿をいつのまにか見失った。あの時代の自分を、幼さを残した青年たちの顔にみる思いだ。

「君たちはルイ国王をはじめとして、フランスのイタリアにたいする野望についてはわかっているかね？　これを理解していないと、フランスの立ち位置を把握しづらいんだがな」

「ああ、官長殿、それははっきりしています。過日のシャルル国王のイタリア侵攻ですよね。旧領地であるナポリを奪還しにアルプス山脈を越えて南下してきた。つまり領土欲です」

「その通りだ。人間は土地というものに執着があって、容易には棄てきれない。ナポリは風光明媚で温暖な地だから、保養地ともみなしていたとも、この頃は思う」

ニッコロは神聖ローマ皇帝マクシミリアンにも謁見しているので、神聖ローマ皇帝のイタリアへの野心も彼らに尋ねてみた。青年たちは空を仰いで、ふーむと溜息をついた。

「聞き給え。かの帝国はフランスと違って、大昔、フィレンツェを含めた北イタリアを支配下に置いていた強国だ。それがフリードリヒ赤髭王の在位時にロンバルディア平原での戦いに敗れてこの方、イタリアに侵攻できなくなった。でも攻め入りたくて仕方がない。なぜか？　どう考える？」

「皇帝の下にも行かれたのですか」

「まあね。使節としてね。小役人の身だよ」

「官長殿ほどの方がそう卑下なさらなくとも」

「何と言おうか、神聖ローマ皇帝にも、ゲルマン人の習性にもほんとうに興味をそそられたよ。まずイタリアへの王の野望は、教皇によってローマで戴冠していただいて神聖ローマ皇帝になることだったんだ。そのために遠大な計画を立案して、結局、フランス軍と相対立する構図ができてしまう。ルイ王もシャルル王もその憂き目に遭った。フランス側からみれば、シャルル王のときは『対仏同盟』、ルイ王のときは『神聖同盟』。いずれにもマクシミリアンが参加している。時の教皇アレクサンデルとユリウスをそれぞれ味方につけてね。教皇は権威の頂点に立ってはいるが、根は日和見主義者だから、勝てると予想されるほうに味方する。狡猾さと俊敏さが求められる。二人の聖下はその両方を見事に兼ね備えておられた。その点ではタヌキだな。さてその神聖ローマ帝国の件だが、変な皇帝の下に、これも一風変わった国民がいることを知ったよ」

「どういうことですか？」

「マクシミリアンという人物はだな、収入面では全く苦労していない。だが裕福であるのにもかかわらず、ビタ一文使わないんだ。さらにおどろいたことには、何に用いるかわかっていないことだ」

「官長殿はいったいどうお感じになったのですか？」

「移り気のうえに入手できそうもないものを欲しがる。それに好戦的なのにスキだらけで、ある意味で愛すべき人物とも言える。けれども国内の運営には多大な損害と騒《そう》擾《じょう》をもたらすかもしれない」

「ならば民衆は難儀なことですね」

「さあな、そこは貧富の差で違いがでてくるだろうな。金持ちとそうでない者との考え方が異なる、ということはキモに銘じておくことだ。このフィレンツェでも諸君のような中産階層に属する者や、いまだにサヴォナローラを支持している下層のひとたちがいることで明らかだ」

「はい、仰せの通りですね」

ニッコロはにわかに襟をただしてつづけた。

「人間は属している階層の内でしか考えないし、そこから容易に出ようとはしないものだ。わたしはそれを自己保存と定義づけているがね」

「自己保存ですか」

「一見、わかりやすい言葉のようだけど、向き合ってみると難しい。そこでだ、ゲルマン人がなぜ豊かかというと、おおくのひとたちが貧乏人と同じような節約生活をしているからなんだ。家屋もそれほど立派でなく、むしろあばら家で、着飾らず、調度品にこだわらないひとたちがほとんどだ。まあ、ゲルマン民族じたいが素朴だから、わたしたちラテン民族との安易な比較は慎まなくてはならないが、それにしても、と思うよ。したがって、彼らにはパンと肉とビール、それに寒い地域だから、防寒用の毛布一枚あれば充分なんだ。不思議だろ、諸君」

ニッコロがそう呼びかけると、ある青年――名前は知らぬが――が話し出した。たびたびニッコロの発言を要領よくまとめ上げてくれて助かっている、その頭の持ち主が話し出すと、みなが耳を傾ける。ニッコロもその切れ味に舌を巻く。

「官長殿、要するに、なべてゲルマン人は安寧志向でしょうね、きっと。なぜなら、生活水準が低いことに甘んじて、それ以上のものを求めない質素・倹約に努めるからです。この二つによる豊かさも見出し得るでしょうし、察するに彼らは均一性を甘受していると思いますね。自給自足型で領邦から金銭の流出はない。領民の手工業品を買い求める外国人からの金は国内に流通するけれど、その商品たるや、イタリアやその他の地域のほうで売られている割合が国内よりも高いのだから、商業的発展に進歩はみられないからです。つまり社会が淀んでいる」

「その通りだよ。君の分析はいつも秀抜だな。そうなんだ、そうした社会は自由を重んじていて、わがイタリアとよく似ている。帝国は、皇帝を名目上の頂点として、諸侯と、諸侯よりも強力な自由都市共同体の二つがあって、皇帝が双方に圧力をかけると、いずれからも反発をくらう。どちらも自由を維持したいから反目し合っている」

「官長殿、その構造は、聖界の絶対権力を主張するローマ教会に似ていますね。神聖ローマ帝国では俗界の最高権力者として皇帝が君臨している。これはイタリア半島の状況と酷似していますね。即ち、二つの地域はまとまりのつかない、領邦国家と都市国家の集まりということになりますね」とあの青年。

「その通りだ、君の言う通りだ。特にわが半島の場合、詳しく言うと、教会の持つ「教権」と、その他の世俗の都市国家や公国の有する地域の「俗権」が常に不安定な状態にある。教会が目を皿のようにして世俗の権力を削ぎ取ろうとしている。世俗国家間でも争いは絶えず、二重の諍いが後を絶たない。こうした分裂状態の半島の「力の均衡」を保つのも私の念頭に絶えずあった。つまり、宗教勢力が余計な力をつけると、権威をかざしてきて乱世になりやすいということだな。何とかして彼らの力を弱めなくてはならない。神聖ローマ帝国もほぼ似たような感じのはずだ。こうした確固たる基盤のないところで皇帝が務まっているマクシミリアンは不思議な男だ」

四〇代半ばのニッコロはこうした集会に臨むにあたって、自分に託された役割みたいなものがだんだんわかってきた。教育という観点からすれば、文字通り、青年たちを育てることが肝要で、この集いにやってくる彼らの関心の広さや深さたるや有望で、そうした人材の発掘など免職後のニッコロの仕事は広範囲におよぶことになる。そのように自覚すべきときがきたのであり、こういう視点に立てばいまの状況はむしろ好機と捉え、集会や執筆活動に積極的に携わり参加すべきであろう。

マリエッタの言葉を思い出す――「統治の術の本を書いたら」――。その本『君主論』をすでにニッコロは書き上げて、メディチ家に提出していたが、ほぼ無視された格好だ。印刷に付す金銭的ゆとりもなく「私家版」でも、と考えるのだが、一歩踏み出せずにいる。この際、もう一度『君主論』を練り直し、これらの青年たちの対話内容を盛り込んだ章を設けてもよいと思った。

その後、『君主論』のある一節、というより言葉の安易な組み合わせだけが抽出され、ニッコロが残忍非道な人物として受け容れられ始めたのでなおさらだ。書き手であるニッコロの想像を上回ったもので、流言飛語の怖さを知った。例えばニッコロが慎重に、「手段は正当化されるだろう」と未来形の受動態で記した文章が、いつの間に「目的は手段を正当化する」という現在形の能動態に変わっていた。「目的」という単語はこの一文には含まれてはおらず、その前の文章の「目的」は同一の単語（fine）でも、「結末、結果」の意味で記述した。つまり、結果（結末）が首尾よくいけば、法律の範囲内でなら「手段は正当化されるだろう」という予見性に充ちた文脈が、予知性や法律性が消えて、勝手に動き出してしまったのだ。

それがある国では「目的のためには手段を選ばず（権謀術数）」といった末怖ろしい警句に一変してしまった。悲劇といわずに何といおうか。言葉が独り歩きするとはまさにこのことだろう。ニッコロはたったこのことだけで「策謀家」の烙印を押され、それゆえか冷徹非道な政治家のレッテルを貼られ、本来なら人文主義者なのに政治思想家と呼ばれるようになってしまった。

この悪評がフィレンツェを越え、半島全域に広まり、さらにアルプス以北の国々やイングランドにまで拡散する恐れを危惧し、ニッコロはそのまえに逢っておきたい人物に私信を認《したた》めた。返書が二週間で来て、是非に、とあった。但し会う場所はネーデルランドのロッテルダムでなくパリで、と指定してきた。その意味がわかるような気がした。ルターによる宗教改革が二年前（一五一七年）にあり、その人物エラスムスはゲルマン語圏にはいられなくなって、ひそかにパリに隠れ住んでいるという。ニッコロの書簡は幸運にもエラスムスの知人の手によってパリの寓居に転送されたのだった。フランスはルイ王との謁見で赴いたことのある懐かしい国であるので、ニッコロはなぜか安堵した。

『君主論』執筆後、ニッコロは共和制を論じた著作の準備を始めていた。『君主論』のなかで理想的な政治体制を扱った章では、有能な君主を頂点に戴いて、その下に二等辺三角形を創造し市民を置く。これを「市民型の君主国」と名づけた。もちろん共和制主義者であるニッコロの妥協の産物だった。英邁な君主としてチェーザレ・ボルジア公を据えたいと願った。それほど公の存在はニッコロに大きな影響を与えていた。

君主制と共和制の共存こそ理想と考え、双方ぎりぎりの接点をニッコロは見出したつもりだ。

6 渡仏

一五一九年の初夏、ニッコロはリヴォルノからマルセイユ行きの船で、フランスの地に着いた。ここから馬車でパリに向かうつもりでいる。エラスムスの主著『痴愚神礼賛』はすでに読んでおり、そのぴりりとした風刺は実に新鮮かつ妙に明るかった。そしてこの人物が敬虔なカトリック信者であることも知った。たいへんな筆まめとして知られ、書信という手段を最大限に活かして西欧・南欧・イングランドの知識人とエラスムスは親密な人間関係を築いていた。

ニッコロもそのネットワークの裡のひとりで、彼のおかげで文通に及んだ著名人も数知れずいた。この敬虔で人徳のある人物はネーデルランドのロッテルダムに生まれたので、ロッテルダムのエラスムスとも呼ばれた。ニッコロがフランスのルイ王のもとへ向かったのは書記官長になりたての一五〇〇年だった。父のベルナルドの逝去直後だったので、気の重い任務で、ルイ王がつぎつぎと宮廷を移動させたので、その後を追うのもやっとだった。だが今回は北上してエラスムスとの待ち合わせ場所であるパリに向かえば済むから、気が楽だった。エラスムスがロッテルダムでなくパリを指定してきた理由をニッコロはうすうすわかっているつもりだ。

彼の教えを信奉していたプロイセンの神学者ルターが一五一七年に宗教改革を起こして、「学者」から「闘士」へと変貌した。エラスムスは「弟子」のその勢いを制止することができなかった。エラスムスもルターも現今のローマ教会の腐敗をなくし清浄化へと舵を切らねばならないと思っていた。この主張じたいに何もおかしな点はない。事実、メディチ家出身の教皇レオの贅沢三昧と芸術への多大な出費は目にあまるものだった。エラスムスはそのレオから、何ということか、金銭的支援を受けていた。レオも教養人であり、エラスムスの人文主義に共感を覚えている面もあって、援助を進んで行なった。

学者としてそうした支援を拒絶せずに受け容れたのがアダとなった。主人の腐敗した居場所の浄化を願いながらその男から金銭をもらっていたのだった。ニッコロはこの話をブオナコルシから秘密裡に聞いた。この友人にして官長時代の部下は地獄耳で、特に大陸の各地域の噂話や政治経済の問題に精通していた。ブオナコルシがつづけるには、「それでエラスムスは教会と、改革者ルターの間に挟まってにっちもさっちもいかなくなり、つまりルターの過激も教会の蛮行も抑えることができずに身を退いたってわけですよ」とのことだ。

「蛮行というと？」

「官長殿も隠棲されて世間に疎くなられましたね。新規の贖有状《しょくゆうじょう》の発行ですよ」

「贖有状？　それは知っているが、どうかしたのか？」

「ルターはレオ聖下の劣悪な思惑に反発したんです。聖下は贖有状の販売価格を上げ、収益のほぼすべてを教会の金庫に収めてしまっているんです。そのため、信者たちは煉獄（あの世）で過ごすべき期間が短くなって、すぐ天国にいけるのです」

「金銭が割高なので『罰』の許される率が、それだけ高くなった。教皇庁の金庫がうるおうと同時に、信徒たちの天国行きも早まるというわけか。さすがあの方が考える策だな。あきれたものだ」

「まったく、そのとおりで」

「時の教皇によって、贖有状の値段が変化するなど、世も末だな」

「はい」

「これはうまいことを思いついたものだ。聖下の側近はいったい誰なんだ？」

「さあ、そこまでは」
ブオナコルシは首を横に振った。ニッコロはルターが怒るのも無理はないと思った。そこまでして金策を図ろうとするのは、教皇庁の金庫は空っぽに近いということになる。信心で世の中はまわっていない。金で動いている。教皇レオは金銭の力を熟知している。ルターもだ。エラスムスは……知ってはいるだろうがわかってはいない。『痴愚神礼賛』で一連の風刺をして著名になったが、いまや己が風刺の対象になってしまった。皮肉なものだ。ロッテルダムを避けたのはわかる気もする。パリならカトリックのままだから（カルヴァンのジュネーヴ宗教改革〔一五四一年、最後の宗教改革〕以前だったので、フランスではルター派の感化を受けながらも、まだカトリックが多数を占めていたゆえ）。

思えばアレクサンデル六世は敬虔な宗教家ではなく、野心的な政治家だった。レオ聖下の場合、メディチ家出身ということからも、金の力をきわめて熟知しており、おそらく宗教者という猫を被って、芸術作品に投資し、というよりも浪費し、変てこなお札を発行して、バチカンの金庫に大量の金を蓄えようとしている。大ロレンツォの次男であるあの賢明なジョヴァンニが、何ということか、世俗世界を抜け出せず、宗教を金儲けの手段にしている。『君主論』には、宗教と政治に関して、明言は避けているものの、「政教の分離」を示唆する文章を記しておいた。即ち、これまで多くのひとたちは現実の生きる実態を知らずに、共和国や君主国のことを思い描いて論じてきたが、人間が現実に生きているのと、人間いかに生きるべきかは異質の話である。それゆえ、いかに生きるかしかみず、生きている実際の姿を見逃す人物は、まっとうな人生を送れないものだ、と。この文章の上っ面だけを嘗めてほしくない。「現実の生きる実態」とは世俗の生活、つまり、政治を暗示したつもりだ。「いかに生きるべきか」は宗教的考えだ。政治ばかりに注力してもよくなく、宗教にのみ傾注してもまならない、双方、共存しているのではなく、共存できずに「分離」してはじめて、その効力を発揮できる、ということである。一方が他方に割り込んできて、それぞれの存在を破損してはならないのだ。

ニッコロはカトリック信者の自分がルターの説に共鳴しつつも、ついていけないという思いを拭い去ることができない。神の下に聖書を位置づけ、教皇の上に置くのは頷ける。でも善行によって救われるというカトリックの教えを否定することはできなかった。信仰のみによって救われるというルターの説は、あまりにも非現実的に映った。仮にそうならば、ニッコロが共和国のために尽力してきた「功績」即ち「善行」

はみな無に帰して、救われなくなる。自分は救われたいと思うし、そのための信仰だと考えている。エラスムスもさぞかし苦悶していることだろう。謹厳実直を絵に描いたような人物だと聞いているからなおさらだ。面会を依頼したニッコロの書信をことのほか歓んでくれたのは、深窓の有識者の身から、これを機に外に、それもパリにて、という気組みがあってのことだと考えられる。ニッコロも潮風を胸いっぱいに吸い込んではるばるやってきた。思う存分語りあかしたい。

マルセイユの街の見物もまともにせぬまま、ニッコロは馬車を雇ってパリに向かった。途中通過するリヨンなどの都市はいずれも、地中海に向かってゆったりと流れるローヌ川沿いにあり、その光景をみただけでもフランスに来たかいがあったというものだ。ルイ王との謁見の旅とは全く打って変わって、特別な使命も帯びていない自由の身のニッコロはこれらの風景を謳歌した。ポー川の流れよりゆるやかでおっとりした感じだ。

エラスムスは返書で自分もイタリアに憧れていて、一五〇六年、三六歳のときにやっと訪れる機を得た歓びを綴っていた。フィレンツェには訪れず、主にヴェネツィアなどに滞在したという。アドリア海の女王と称えられたこの運河の街は、地理的に神聖ローマ帝国に近く、特にチロル地方を越えた帝国の西南地域との交易で栄えたし、東方地域との貿易でも繁栄した。活版印刷術が発祥した帝国と近距離にあることで、印刷の技術がいち早く入ってきた。この機を巧みに活用したのが、人文主義者でギリシア語に秀でていたアルドゥス・マヌティウス（アルド・マヌーツィオ）だった。この人物の凄さはニッコロも風の便りで知っていた。

シャルル八世の軍隊がフィレンツェに侵攻したことで起きたイタリア戦争が始まった年か翌年かに、アルドゥス印刷所をヴェネツィアに設立し、ギリシア語古典の出版を手掛けた。活字による印刷は実に画期的なことで、活字のイタリック体も案出している。彼は一五〇二年『新アカデミー』を設け、ギリシア語学者に声をかけ、三〇人前後のこぢんまりした、ギリシア語でのみ会話をする知的なサロンを創設した。エラスムスも客分扱いで集いに参加し、印刷所を拠点に一書をものしたくらいだ。

出版という面からすると、ニッコロの場合は恵まれていたとはいえない。『君主論』でさえ、没後の一五三二年にはじめて活字になったが、すぐに出版禁止の書に指定される憂き目をみている。こうしたことをいまのニッコロは承知していない。『痴愚神礼賛』という辛辣な風刺作品を上梓した作者本人に会って、その正体を見究め、謦咳《けいがい》に接したいとも思っている。風刺とか批評という種類のものは、される側に非はあるが、それを実行に移すほうは、半畳を入れるぶんだけ、大げさにいえば、身を危機にさらすことになる。

「批判」という言葉の親戚に「危機」という単語があるはずだ。ニッコロはそうした意味でも、自著の『君主論』の写しを持参していた。エラスムスに読んでもらって、評価してくれれば、彼の友人であるイングランドのトマス・モアにも読んでもらえるだろう。ニッコロがモアやエラスムスに注目するのは、二人が自分と違って人生を極めて楽観的に考えているらしいことで、半島の現実をみてきた自分には信じられないからだった。

太陽の国、イタリア。地理的にはそうだが、まとまりもなく、列強に国土を荒らされてばかりいる。それにナポリ以南はスペイン領だ。


エラスムスは待ち合わせ場所をパリ付近で最も高い丘である、モンマルトルに指定してきた。丘には慣れている。イタリアのおおよその都市が丘の上にあるからだ。蚊を遠ざけるためだ。蚊は小高いところまで飛べない。蚊を介して病気になったら高熱に苦しまなければならない。丘はいいと文句なく思う。フィレンツェにも街を展望できる丘があり、ニッコロも書記官長時代息抜きに登ったものだ。

馬車は平原をずっと北上してきたが、数日後にパリに入った。フランス語の会話は無理だったので、ラテン語で通してきた。ひとまず宿を取って、約束の日を待つことにした。エラスムスは『痴愚神礼賛』をモア宅で書き上げたという。それだけ仲がよいのだろう。モアは法律家で、『ユートピア』（どこにもないところ）では、経済の平等を説いて貧富の差をなくし、カトリック教会による平和と正義の社会を描いた、といわれている。他方、信仰の上ではルターの考えを厳しく批判した。

『ユートピア』は未読だった。メディチ家に向けて隠棲後に『君主論』を擱筆《かくひつ》した一五一三年には、モアも『ユートピア』を執筆し終えていたはずだが、隠棲地までの引っ越し作業など、身辺の雑事にかまけているうちに時が過ぎてゆき、読む暇に恵まれなかった。印刷に付されているかどうかの情報も得ていなかった。『痴愚神礼賛』は一五一一年に刊行されているので、これには時間を割くことができた。

モアもエラスムスも、おそらく人間の可能性についてずいぶんと楽観的なのだと思う。『ユートピア』の理想も楽天主義を意味しているに違いない。

そこまで思いが至ると、ニッコロは自分と同世代の三人が受けてきた教育の地域差というものに思いが飛んだ。モアは法学を、それに人文主義的教育を政界への近道でもある著名な法曹院で学習し、エラスムスは人文主義的な素養を共同寄宿学校という場で身につけている。ニッコロは人文主義の本拠地であるイタリアのフィレンツェのグレンコ・グレンキ先生の教室で修得した。そこで人文主義教育の歴史も学んだ。

歴史を通して人間の全体性がいかに大切なものか、そして教育と教養の相違がいかに深いかも。だが教養が増えてくるにしたがって衒学《げんがく》性を帯びるようになったら、もはや人文主義の低落であることを、グレンキ先生が示唆してくれた。そのおかげかニッコロは該博を目途としながらも衒学者にはならぬよう心掛けた。

おそらくモアもエラスムスもきちんとした教育を受けてきているに違いない。イングランド、ネーデルランド、イタリアと地理的に差はあっても、知的土台は等しいだろう。それは、文法（ラテン語）、修辞学、道徳哲学、歴史、詩学からなる人文主義の教育が柔軟に結び合ってひとつの知的全体になっていることで円環を描いていて、人文学とも古典的人間教養の研究とも呼ばれる知の一形態をなしているからだ。全即一、一即全——という思潮だ。

ただ三人のうちニッコロが物事を悲観視する傾向にあったのは確かだった。その兆候は『君主論』執筆最中のみずからの心情に見て取れた。一筆一筆と進めるたびに切なさがわいた。その哀しみの源を探し当てることが、執筆の真の動機だったと思うときがある。同時にそれは自分の割り切りのよさへの嫌悪でもあった。

7　麓《ふもと》

思いもかけず、エラスムスだけではなくモアも一緒にモンマルトルの丘にやってきた。ニッコロのほうが驚いてしまった。おそらくエラスムスが誘ったのだろう。

挨拶もそこそこに三人は旧知の間柄のように打ち解けて、粗末なあずま屋に似た建物の屋根の下で語らうこととなった。

「フランスは水がよくなく、その点恐縮です」と庇《ひさし》の大きな帽子を被ったエラスムス。

「イングランドの水質はとても素晴らしいのですよ。井戸の水をそのまま飲めますからね」

法衣らしき濃い青色のマントを羽織ったモア。

「それはうらやましい」と感嘆するニッコロ。

ニッコロの朝いちばんの仕事が水汲みだったので、水を湛えた桶の重さや早朝の新鮮な水の湧き立つ匂いを思い出していた。たいてい二つの桶満杯に水を入れ、両腕でバランスを取りながら家まで運ぶ。もう子供たちは起きていて、途中から手伝ってくれる。朝の息吹に包まれながら、玄関の敷居にたたずむマリエッタをみているときほ

ど、家族というもののあたたかさを感じるときはない。一瞬、回顧にとらわれたニッコロに向かってモアが、唐突に、

「ルター派には困ったものです」と言った。

するとエラスムスが気まずそうに、

「私にも責任があるんです。聖書が人間生活に不可欠ないろいろな問題にたいする批判的精神を実体化したものだ、という点では一致はしているんですが……」

と、ニッコロにとっては不可解なことを口走った。聖書をそのように読んだことなどなかったからだ。

「どうしてです？」

こうした点にはきわめて素朴なニッコロはエラスムスの戸惑った顔をしげしげとみつめた。

「どうしたというのです、いったい？」

「ああ、貴兄は半島にお住まいだから、何もご存じないのですね」

「ある程度なら知っていますが、ルターのこととなると……」

「ならば僕がご説明しましょう。これは風聞ですが、『エラスムスのあたためた卵をルターが孵《かえ》した』と言われているのです」

ニッコロはその言葉を口のなかで繰り返してみた。モアがエラスムスを改革者の一端とみている。はっと気づいたふうを装ってニッコロは、

「それは難儀なことで」と気の毒そうな表情をわざと作った。

この噂をニッコロはどこかで耳にしたことがあった。だが信憑性に欠けるので、聞き流していたが、どうやら本当らしかった。フランスの地で、それもイングランド人から確証を得るとは……自分としたことがなんたる失態！　ニッコロにはこういう側面があった。うっかりという表現が的を射ている。能吏と言われながらも、これが自分の欠点だと知っていた。メディチ家から解雇されたのも、こうした面を見抜かれたからかもしれない。

「それに……」とエラスムスがつけ足して言おうとしたところ、モアがさえぎって首を横に振った。これ以上は口に出すなというふうに。エラスムスが言おうとしていたのは、きっと教皇レオのことだろう。この件はニッコロも聞きたくなかった。レオとニッコロは登位前は往き来があったし、学芸の保護者でもあって、その点、買っていたからだ。

「マキァヴェッリ殿の書かれた『君主論』は私も、このモアも手写本で拝読しており、深い感銘を受けております。出版されていないのが不思議です。バーゼルの出版社か、

マヌティウス印刷所をご紹介しましょうか」

　エラスムスの声は柔らかくニッコロの心をくすぐった。咽喉《のど》から手が出るほどありがたい話だったが、一歩踏み出せない、正体不明の何かがあった。それはエラスムスやモアと自分が一線を画す種類のモノで、お互いが置かれた状況に原因があるふうにも思えたが、もやもやはついてまわった。

「アルプス山脈の北と南とではどこかが異なる感じがしますが、いかがでしょう。帝国とフランスには派遣されたことはありますが、ネーデルランドとイングランドは見知らぬ土地です。大陸と島国、やはりいくばくかの差はあるかと思うのですが」

「ですから」とモアがエラスムスを指さして言う。

「彼は高潔な天職に向かわせる真実のキリスト教と社会の平和を唱えているのです。ルターが割って入った結果、二分されては困るのです」

　ニッコロは大局的な意味で政治と宗教を『君主論』の中で分けていたが、キリスト教の思想や聖書の内実や役割にまで立ち入ったことはなかった。それに政治も世俗社会そのものだった。モアとエラスムは信仰の意義や中身まで深めて論議を重ねているふうだ。そうした微細な点まで考えたことのないニッコロは困り果てた。そしていかに自分が目にみえる世界にだけ注目しているのかが知らされた。

モアがつづけて言う。

「ルターの改革で『カトリック』（普遍的な）の世界、つまり『一』の世界が『二つ』に分かれました。これは神にたいする冒瀆です。『一』なる世界はあくまで『一』であって、『多』になってはいけません」

「どうです、エラスムス？」

それを受けて、角張って厳粛な雰囲気を漂わせているエラスムスが口もとにうっすら笑みを浮かべて応えた。

「モアの論はもっともですね。宇宙にはみえる部分とみえない部分があって、私たち人間はみえる部分から、イエス・キリストがいらっしゃるみえない部分を知ることが大切です。そのためには『学知ある信仰』『信仰ある学問』『祈りと学問』を説くキリスト中心の立場に立って、信仰があらゆる世俗の身分にあって実現されるべき生活態度であると思うのです。キリストを生活の模範として生きていくわけです」

ニッコロは久方ぶりにきわめて理念的な話を聞いた気がして、頬が紅潮した。『君主論』で述べた統治の術という現実的な所作を超えたところにエラスムスはたたずんでいる。モアもしきりに頷いている。この二人にはニッコロの知らない共通の、それこそ不可視な思念が流れていて、キリスト至上主義という点で、それは一致しているに違いない。その上、きわめて楽観的に映った。

どうもニッコロはエラスムスやモアのように、宗教や信仰の内容や深みを云々したことはなく、ただ宗教を利用して統治をいっそうよくするためにしか考えてこなかったのかもしれない。「宗教心」という名目で宗教を「道具」として扱った……。徳目とまで持ち上げも理解もしなかった。

「マキァヴェッリ殿、エラスムスは、福音信仰中心の生活理念を掲げ、毎日の生活、学問研究、聖書の把握、教義の掌握などまで応用して、正しい生活をするよう説かれているのです」

ニッコロはこれまでそうした実行は伴わなかったが、意味することはわかった。

「それはそうすることで、神との永遠の交わりが回復されるという意味ですね」

「そしてルターの改革の本当の狙いは、キリスト教人文主義に染まったわれわれから、ヘレニズム文化である人文主義を洗い流して、ヘブライズムの、純粋なキリスト教にもどすことなのです」とエラスムスが核心をついた発言をした。

「そうです。まさに」とモアが大いに便乗した。

「さすがですね」とニッコロは敬服した。設問を説くようなかたちでの回答だったので、知的理解にすぎず、心がこもっていなかった点を見抜かれた気がした。エラスムスもモアも人間味のある分析に秀でた人文主義者にみえた。それに引き換え、ニッコロは物事を割り切りすぎるようだ。二人の述べる内容など、決して算術の世界のものでないが、それを見事に言語化している。こうした技量をニッコロは持たなかった。彼は「運命と力量」といった具合に抽象概念を標語化して表現した。類推は読み手に任せた。だがこれは相手を煙に巻くことにもつながったかもしれない。運命と力量の間には「機会」という大切な要素があるのだが、解明は相手しだいだ。エラスムスもモアも、「機会のひと」ではないかと思った。キリストと人類の間を結ぶ機会——即ち、絆、それをうまく取り持てる人徳があるのだろう。

翻ってみれば、「運命」の代表格がボルジア公で、武力と政治を顕わしている。「力量」の象徴はサヴォナローラで宗教者である。自分は常にこの二項対立のなかに挟まれて身動きができなかったのではなかったか。『君主論』の究極なテーマは、政治と宗教のせめぎ合いだったのだ。エラスムスは宗教側の人物で、モアは政治色を帯びた宗教家といえよう。自分とは異質な二人なのだ。これがわかっただけでも、会った甲斐があったというものだ。

三人は当世砂糖の価格が高騰していたので蜂蜜を湯にまぜて飲んでいた。そのときニッコロが、

「どうせパリの田舎の丘陵地帯にきて、葡萄畑もあるのだから、丘を登って葡萄酒でもどうです？」と提案した。

彼はこの丘がパリ近郊でいちばん高い場所であることを知っていたが、訪れてみるとまだパリ市街ではなくて、まるでパリに寄生している田舎に映った。イタリアにもこうした風景はあったが、ちょっと違う気がした。

「じゃ、そうしてみましょうか」とモアが受けた。

エラスムスが、

「あたりで葡萄酒を入手して、器を借りてくることにしましょう」

店屋とも思えぬ幌の掛かった小屋に向かった。ニッコロはマメなひとだと思った。

丘をだんだん登りゆくにつれて、背後を振り返るとセーヌ川が遠望できた。平原を蛇のように、北東方向に流れている。好天の下、陽の光にきらきらと輝き、丘に建つ風車の羽根をも照らし出していた。農場もあって、パリの近郊といった風情を醸し出していた。

8 頂《いただ》き

頂上にはサクレ・クール礼拝堂のほか、いくつかの建築物があった。見上げるかたちで坂道を行く。この礼拝堂は、とエラスムスが指さしながら説明し出した。

「ローマ皇帝コンスタンティヌスの母ヘレナによって建築されたと伝わっていましてね、一一世紀にベネディクト会の修道院に移管されたものです」

さすが物知りである。ニッコロたち三人はもちろん共通語であるラテン語で会話している。モアは英語、エラスムスはフラマン語、ニッコロはむろんイタリア語で普段は話しているが、文章を書く折はラテン語を用いる。各地域の言葉を用いることもあるが、このような場合はラテン語がよい。ニッコロの『君主論』は章のタイトルはラテン語で本文はイタリア語だが、エラスムスの『痴愚神礼賛』はラテン語、モアの『ユートピア』もラテン語で書かれたのだろう。

頂きに到着した三人は器に葡萄酒を分け合って、礼拝堂の階段に腰を下ろした。

「いい眺めですね」

ニッコロが言った。

「ほんとうに晴れ晴れします」

モアとエラスムスが口をそろえた。

「実はわが隠棲の地も葡萄畑に囲まれていまして、葡萄酒を造ってもいますんで……」

ニッコロが明かすと、

「それはいい。イタリアでの思い出がよみがえってきますな」

エラスムスが懐かし気に目を細めた。

「イタリアは憧れの南の土地ですからね。アルプス山脈を境にどうしてこうも違ってしまったのでしょうね。私たちはイタリアの文化に学び、とくにキリスト教人文主義にはおおいに啓発を受けた。あのような折衷思想を編み出したイタリアの偉才は、中世キリスト教の危機を実感して、古典古代の文化に学んだ。振り返れる過去があった、ということは素晴らしいことです。いくつかの教育のなかでは、道徳教育からは限りない恩恵をもたらしてくれた。私なんぞ、『君主論』の根底には、この道徳教育がある、と踏んでいますが、いかがですか」

エラスムスの問いにニッコロははにかみながらも応えた。

「そうですね、拙著は統治の理論を書いたものですが、その奥底に私が青年期に学んだ古典古代のひとたちの生き方があったかもしれないですね」

「そうでしょう。とても具体的な記述で、それを支えている下地が透けてみえる気がするのですよ」

「なるほど」

モアが相槌を打ち、

「僕の『ユートピア』＝〈どこにもないところ〉には、平等しか念頭になかったなあ」と嘆息した。

ニッコロはつづけた。

「モアさんの作品はイングランドの『囲い込み《エンクロージャー》』という農場での問題が背景としてあったとうかがっています。ふと思うに、平等とは、働くことを推進して私有財産を認めても、同時に、貧困・経済の混乱・悪政にたいする理想的な解決策を提示するものだと思えますが。ですから決して単なる夢物語でなく、あくまでもイングランド社会に根ざした現実直視の架空の物語ではないかと、未読ですが思うのです。モアさんの高潔な人柄に裏付けされた善意の書でしょうか」

「これは過分なるご評価。感謝します」

そこへエラスムスが割って入った。

「ヘシオドスも『仕事と日々』でこう述べています——『実り豊かな土地が、自発的に豊富な果物を惜しみなくもたらした。そしてひとびとは、よいものをたくさん持ち、ヒツジに恵まれ、至福なる神々に愛されて、彼らの土地で安楽に平和に暮らした』と」

「……神々ですか……」

　モアが不満気にもらした。

「どうかしましたか、モアよ」

　エラスムスがモアに問うと、

「いえね、こう思うのですよ。つまり、われわれキリスト教徒にとっての理想的生活の思想とは、人間の計画や努力に関する思念ではなく、『神の摂理』について思量することだ、とね」

「ああ、なるほど」とニッコロは心のなかで思った。でも自分がこと宗教や信仰について考えたことはきわめて世俗的な面からで、神まで考察の範囲内に入れていたかどうか疑問だった。これは神への冒瀆でなくて何であろうか。もし口に出したら二人はどう反応するだろう？　不信心を見破られ軽蔑されもしよう。

　若い頃、ニッコロは信心会の青年部の仕事をしていたが、第二書記官長の職に就いてからは、宗教の持つ〈毒〉のほうにばかり目が行って、宗教の次元、あえていえば社会的次元の洞察を大事と考え、摂理とか神意とかいう範疇のものに目が向かなくなってしまっていた。

この毒という言葉にたどり着くにもひと苦労あった。『君主論』のある章に込めた内容だが、異端の書として処分されないように工夫をこらした。〈毒〉をべつの言葉で置き換えて表現するのに苦心したのだ。ある章の後半にニッコロはこう書いた——「君主に謁見し、その言葉に聞き入る人々の前では、君主はどこまでも慈悲深く信頼厚く、裏表なく人情味にあふれ、宗教心の篤い人物と思われるように、心を配らなくてはいけない。なかでも最後の気質を身に備えていると思わせるのが、何よりも肝心である」と。これはわれながらよくできたと思っている。「最後の気質」とは「宗教心の篤い」ことであるのは言うまでもない。宗教心こそ、統治の上での第一義で、裏を返せば統治上の毒なのだ。仮面をかぶっても信仰心あふれる姿をひとびとにみせつけて、はじめて強固な統治ができる。

ニッコロは書記官長時代、このことを身に染みて会得した。宗教とは政治と対立するものだと安易に片づけるのもよいが、実際はもっと双方込み入っており、政治に利用できるモノなのだ。宗教とは内面の体験、つまり祈りと懺悔《ざんげ》である。国民は国王の裡にそれがあるかどうか見抜く力を、本能的に持っている。恐いものだ。政略に長けていた自分だが、信心というどろどろした毒に充ちた湖沼をわたり歩くときほど、信仰心あふれる支配者とまみえるときほど、注意を要したことはなかった。

モアもエラスムスもその点はしっかりしているようで、でなければ『ユートピア』も『痴愚神礼賛』も、完成できなかっただろう。理想も風刺も、現実と宗教への鋭い認識がなければ成立しないわけで、ニッコロのように現実そのものの沼に浸っているような男には、興味は感じても、立ち位置が異なるふうにみえてくる。

そのときモアが多少葡萄酒の酔いも手伝ってか、

「ルターのやつには困ったものだ」と声を荒らげた。

エラスムスは苦い顔をして、カメのように首を引っ込めた。エラスムスに負い目があるのは誰もが知っていた。もうそれを口に出す者はいなかったが、ルターをも惹きつけた言論をエラスムスが発していたのは事実だった。

教会の浄化という言葉に代表されるほどローマ教会は淪落《りんらく》の本拠地だった。教皇に子供がいることがまず信じられないのだった。ニッコロはそのせいでずいぶん苦労した。アレクサンデル六世の次男チェーザレ・ボルジアがその相手だったが、とても魅力あふれる人物で、この武人に理想的君主をみたものだ。ニッコロの三〇代はこのひととの駆け引きに終始した。それもいまはよい思い出だ。モアがルター派を嫌うのは単純にいえば、教皇の上に聖書を、つまり神の下に教皇でなく聖書を位置づけ、善行ではなく信仰を唯一とし、万人が祭司となり得、信仰の拠りどころを聖書を唯一としたことだった。

そして人間は生まれながら救済の有無が決定されている運命下にある、という「予定説」を受け容れがたかったからだ。運命がそういうものであってはならなかったし、それが予《あらかじ》め決定されているなど、運命の運命らしからぬものだとモアは思った。予定説は異端とされてきたボヘミアのフス、イングランドのウィクリフなどに端を発した説で、カトリックでは認められていなかった。

予定が立っている人生などつまらない、生き甲斐もない。それほどまでに人生を縛りつけなくともよいと考えた。これにはエラスムスも同意していた。ニッコロも宗教改革者が極端に禁欲的にみえ、中世のカトリックの様相を呈している思いがした。色好みのニッコロはこれではついていけないとしみじみ思った。ニッコロの思考の癖として、第一に現実世界があり、そこからの抽象化・理念化だった。予定や運命が先にあっては迷惑なのだ。その意味で、現実主義者で実務に長け、政治家には向いていないとみずからをみなしていた。ニッコロには政治家が舞台の上で演技する役者に映った。自分はそれを制作するほうの任に向いているのだ。

　このようなことを二人に語りかけると、両名は顔を見合わせて大きく頷いた。ルターの考えは理想的にすぎるのだよ、と二人は口をそろえた。ニッコロは理想という言葉に戸惑いを覚えた。『君主論』は理想主義の産物だからだ。現実をみればみるほどその醜さゆえに理想主義に走る。一〇余年の役人生活で身に染みついた思想とも想念とも感じられる、いわば人生の垢《あか》だ。

　葡萄酒に酔った三人は丘を下ってパリの中心部へと進んだ。みなともに話し足りない様子だ。いまひとつみずからの革新的な意見をいえていない心持がした。感覚的なもので、その実相は把握しがたかったが、ただひとつ確かな点は、みな故国へ帰るということだった。

　道々、エラスムスが名残惜し気に口を開いた。

「モアの『ユートピア』を読むと、運動がない永遠の静止社会に住まっているようだ」

「そうですかな？」

「……かもしれない……」

　ニッコロが推測して言った。

「それに、社会全体を、現在ではあるけど、遠くの未探検地域に設定していることからくる、新たな政治思想の芽吹きも……」とニッコロは予見的な感想を述べた。

「それは正鵠《せいこく》を射ていますね。さすがマキァヴェッリ殿」

エラスムスが手放しに褒めた。

「実は拙著もそれに類する統治の思想を作中に盛り込んだつもりですが、うまくいかなかったようで……」

「エラスムスよ、そうでしたか。見抜けるくらいの慧眼の主は顕われなかった……」

「どちらでもいいことですがね」とエラスムス。

「ともあれ、われわれはみな人文主義教育を受けて育った。おおいに過去に学んだからにはこれからは未来へ託す言葉が必要ですね」

ニッコロの提言に二人とも、仰せの通りと答えた。

「僕はエラスムスの作品もマキァヴェッリ殿の著作もそうだけど、僕にとってのユートピア島は理想政体とは直接に結びつかない。〈どこにもないところ〉という新しい世界の仕合わせな社会についての報告を手掛かりにして、理想的な社会の政体を読み手に考えてもらいたい、とその一心で書いた作品のつもりです」

「そうすると作品名じたいは作品の内容の暗喩なのですね」

ニッコロがすかさず言うと、

「そのとおりです。さすが元書記官長殿」とモアが満面に笑みを浮かべた。

「そういった著作を必要としているいまの世は、どうやら転換期にあたりますね。新大陸の発見、ルター派とローマ教会の対立、経済成長による社会変動、フランスのような強力な国家の出現……。こうしたなかでの理想社会像建設には、厳密な計画が要りますね」

エラスムスがそう解釈すると、

「はい。そう思います」

ニッコロが首肯した。

三人の足元はふらついている。エラスムスなど千鳥足に近い。モンマルトルの坂を下った折、ニッコロは上りより下りのほうが脚に圧がかかることに気づいた。その影響がとくにエラスムスに出ているといえよう。あたりの景色からだんだん風車や田畑が消え、吸い込まれるようにパリ市街に向かっていた。ローマより小規模だが、フィレンツェより大きい街だとニッコロは思った。半日では歩きまわることはできないだろう。昼に一服して午後に残りを巡るのが手だ。石造りの家が多いのはイタリアと同じだ。

「……今日、一日だけでは残念な気がしますね。もっとお話がしたかった。帰国しても雑務だらけですからね。法律家の仕事など、事務職と同じですから。そうそう、最後に官長殿にお尋ねしたかったのは、私は『君主論』を翻訳で読んだのですが、『ポリティックス』（政治）という単語がひとつも出てこないですね」

「ああ、イタリア語では『ポリティカ』に相当します。あの単語はギリシアの『ポリス＝都市＝市民』につながって、『君主制』の本にはなじまない。共和制の本にならよいのですよ」

「ああ、なるほど」

そのとき傍らのエラスムスが、ふと長い溜息をついた。

「……やはり、ルターのことが気になりますか？」

ニッコロが察して問うと、

「ええ、文通相手でしたから……それにこの身を慕ってくれていたので、なおさらです……」

エラスムスは途中で言い淀んだ。それがいまのエラスムスの心境なのだろう。彼は放心した顔で宙を仰いでいる。裏切られたというのではなく、口に出すにふさわしい言葉を失って苦吟しているふうだ。

「自分がもう三倍くらい積極的で行動的な人間だったらと思うが、神の御言葉を伝えるのはどう考えても教皇聖下で、万人祭司など想像すらできない。そうだね、モア」

「ええ、そうです。ルターの言っていることは全く理解不可能で不愉快でもありますね。ただ、ルターの教えがかくも急速に広まったのは、活版印刷術の力によるとも考えられます。彼の本拠地であるヴィッテンブルクなどザクセン州の人口六〇〇〇人の中規模の街ですからね。文明の利器が波及させた運動だとみていますとエラスムス。

「なるほど、一理あるな」

モアが頷いた。

共感し合う二人をみて、活版印刷の普及か、じつに言い得て妙がある、とニッコロも思った。

そして、モアだけが大陸出身でなく、島国生まれだ。思えばニッコロも半島出身で、エラスムスだけがルターと同じく大陸育ちとなる。土地柄というものがあるのだろうか。

ニッコロはアレクサンデルを毒殺した身だ。その通知をブオナコルシから受け取ったときの昂揚感といったらない。諸悪の根源を退治したという勝ち誇った感慨が胸に萌した。教皇が権威を笠に恥も外聞もなく、息子のボルジア公に武力行使を許したことに腹が立っていた。ニッコロの関心は教皇の非道な言動にあって、ローマ教会の腐敗にはない。毒殺の真意は世俗に染まった教皇の排斥にあり、教会など人間の築いた組織は、零落してゆくと相場が決まっているので構う気はなかった。祈りや信仰が成立していれば、それはそれでいいのだ。宗教団体などを目の敵にして闘士となったルターなる人物に興味のわくはずがない。この点、二人と考えを異にするだろうが、ニッコロがエラスムスとモアを高く買うのは、自分と違って、それでも宗教を肯定的にとらえて楽観視しているからだ。そこが自分と違うが、それゆえにこそ、ある種の信を置けるのだった。矛盾しているかもしれないが、ニッコロはそう確信していた。

9 仕事

ニッコロはもちろん仕事を、山荘の書斎で行なった。マリエッタによれば、日中は農夫たちとバールでカードなどの遊びに耽り、葡萄酒を飲みながら興じていたようだが、夕食後は官服に着替えて書斎のなかへ消えたという。この空間こそ、ニッコロの心を鎮め、古典古代の偉人たちと再会し、自分に課した仕事を、たとえ注文がなくとも手掛けることを可能にしたのだった。自分と真正面から向き合える大切な時間だった。

ここでニッコロは官僚職から足を洗って人文主義者の頭へと還る。そしてダンテやペトラルカといった先賢の詩句に浸り、詩を作った。『イタリア十年史』の一と二がその代表格だろう。隠棲後の二つ目より書記官長時代の一番目のほうが作者自身、出来がよいと思っている。そのほか「運について」、「機会について」、「野心について」といった当意即妙な詩も書いた。自画自賛ではないが、自分を詩人肌だとみなしていた。これらの三つの詩の主人公は抽象的なものだが、ニッコロの才はそれらを人間に見立てて描き切る点にあった。抽象を具体に焼き直す、『君主論』でもみられた彼独特の才能だろう。

それは共和制を謳った『ディスコルシ』にも顕著で、エラスムスやモアの才能の質とは反対に思える。エラスムスとモアは、現実の諸問題を抽出して、風刺や理想国家を考察した、とニッコロは考えていた。彼の『戦争の技術』も『君主論』と『ディスコルシ』執筆時の発想と同じだ。

風刺作品である『黄金の驢馬』は『痴愚神礼賛』と見方によっては似て非なるもの

に仕上がった。自分でもよくわからないが、自分が書くと「こうなってしまう」のだった。例えば、気に入っている掉尾《ちょうび》の一節――

人間ほど脆《もろ》い暮らしを送り、生きようと
願えばそれだけ訳のわからぬ不安が募り
怒りが増すような生き物はどこにも見当たりはしない。
ブタがほかのブタに、シカがほかのシカに
苦痛を与えることはない。人間だけが
他人を殺したり、十字架に架けたり、裸にしたりする。
オレが人間だった頃味わった
あらゆる悲惨な身の上から解き放たれている今のいま、
オレが人間にもどるのがおまえの望みだとは何事だ。
人間のなかで誰かが神のように
仕合わせで嬉しげにみえようとも、そんなものは信用ならぬ。
この泥沼のなかでオレはよっぽど仕合わせに暮らしているからだ。

ニッコロはこの箇所を子供たちに読んで聞かせた。年齢によって反応はさまざまだったが、理解という点ではかなりむずかしかったようだ。聡明か否かの問題ではなく、人生経験による把握の相違だろう、とニッコロは得心がいった。

またニッコロは劇作にも関心があって、二本の作品を遺している。一五一六年に擱筆し、一八年の謝肉祭に上演された『マンドラーゴラ』の脱稿時に、ニッコロは異様な充足感を覚えた。案の上、上演は大成功をおさめ、世間からは傑作中の傑作と称えられた。荒唐無稽な展開にはボッカッチョが生きていたら舌を巻いたことだろう。「若くて美しい婦人を寝取る」という反倫理的な話だが、これは市井《しせい》のひとの日常が基本にあって、統治の書が『君主論』に結実したとしたら、それに相対する一般のひとびとの生活観察重視が劇作に見受けられるだろう。そもそもニッコロの作劇の考えの核心には、演劇が私生活を反映するものだという考えが潜んでいる。客が笑いを求め、吸いつけられるように押しかけてくるのは、芝居の方法に一種品格のある諧謔精神とほどよい科白の言い回しが必須だと思っていた。

科白を書いたのはほかならぬニッコロだから、当然「言葉」についての考察があったはずだ。ニッコロは「集い」で訊ねられたことがあった。

「官長殿、フィレンツェの詩人や散文作家が書くべき言葉のことなんですが、あれはトスカーナ方言ですか?」

「……そうだなあ」

ニッコロはすぐには答えあぐねた。はっきりいって難題だった。自分の用いている言葉が唯一ただしい、というのが答えなのだが、少々図に乗った回答になりはせぬかと懸念された。

「おそらく……」

「はい。おそらく何です?」

「ダンテが生きていて同じ質問を投げかけたら、『神曲』の詩句の言葉の種類とは関係なく、いのいちばんに、自分を追放したフィレンツェのひとたちのフィレンツェ語を最低とみなすだろうな」

「なるほど。大詩人といえども追放されたら最後、二度とフィレンツェの土を踏まずに死んだひとですものね。坊主憎けりゃ袈裟まで憎い、ですね」

「そういうところかな……あとイタリア語でもないと思う。各都市国家に分かれていて、きっとその地域独自のアクセントがあるはずだから」

「そうするとトスカーナ方言ですか」

「納得はできる。でもペトラルカやボッカッチョの用いた文言を中心にすべきだと考えているんだがね」

「折衷ですね」

「そんなところかな。言葉は変わっていくものだから……いまの段階ではこれくらいしか答えられない。きっと後世のひとたちがなんとか決めてくれることだろう」

この間、ニッコロは冷や汗をかきつづけていた。一家言持っていたつもりだったが、持論の確立には至っていなかったことを知ったのだ。


人文主義教育の盛行期に青年時代を送ったニッコロは、無限の知の宝庫を自由自在に活用する機会に、隠棲後やっと恵まれた。愉しくてしかたがない。グレンキ先生の教室を思い出す。あそこでは何をやっても考えても叱責を受けることなく、したい放題だった。先生の度量の大きさが輝いていた。

いまニッコロはこの書斎をそのような「知の乱舞」の場にしたいと考えている。書きたいものを書き、考えたいことを考える時間が、皮肉にも失脚後にやっと持てたのだ。その代表格が皮肉にも就職論文となった『君主論』だった。隠棲生活はおおげさにいえば、『君主論』執筆に捧げたといってもよいかもしれない。小冊だが、ニッコロの経験知と思念が詰まった一書といえた。知人・友人たちとの書簡の遣り取りも有意義だ。妻や子供たちとの団欒も、自由に使える時間があってこそはじめて可能なのだ。政治的自由ではなく、ひとりの私人としての考えや発言に、自己満足的だが充足を見出しているニッコロがいた。

公的な職を去ったいまだからこそ得る心の平安と執筆意欲は、何事にも代えられない。モア流を模していえば、「ここにしかないところ」となろうか。メディチ家に雇用されなかったときは茫然自失だったが、いまでは克服して、悠々自適の境地だ。公のことに関心がないのではない。その強度が減ったのだ。

それゆえメディチ家から『フィレンツェ史』の執筆依頼がきたときには、満腔の歓びだった。

10 死の床

ニッコロはいま、死の床にあった。胃が重くて食欲がない。この先のことは考えられないほど衰弱しているのがよくわかっていた。咽喉が渇き、かつて、いまは亡き妻に口移しで水を含ませていた光景が思い浮かぶ。そのあとすぐにマリエッタの呼吸が荒くなって、冥界へと吸い込まれるように息が引いていった。ニッコロにとって何度か目にした臨終の際の光景だったが、妻の死にざまは穏やかなほうだと思ってほっとした。マリエッタはきっと神に導かれるように意識が遠のいていったのだろう。水がそのきっかけとなるのなら、ニッコロもそうありたい。

それよりも彼は成長した子供たちに想いを馳せつつ、彼らの教育に全力を捧げた日々を思い返していた。それは自分の受けた教育を子供たちにも授けることでもあった。自分がラテン語を読解できたゆえ、古典古代の偉人たちの書物を読むことで人文主義的教養を身につけていったという確かな自信があった。もう少し詳しく言えば、全人教育ということで、徳育、知育、それに体育が加わって、人間のすべてが発展する可能性を発揮する。これら一連の教えをニッコロは政庁広場の裏にある、グレンキ先生の教室で学んだ。先生はギリシア語にもラテン語にも堪能だったが、ニッコロの目にはラテン語のほうの力量が優ってみえた。壮年の先生がよく口にされたことは、ラテン語はイタリア語の母で、よく似ているところが落とし穴で、決して侮ってはならない。「魚目燕石《ぎょもくえんせき》」という文言があるが、学習する際にはこの言葉を常に念頭に置いて修練に励むように、と仰った。ニッコロがグレンキ先生の教室に通うまえ、父親からラテン語の手ほどきを受けていたので、それほどの苦労はなかった。教室での授業は復習になり、成績は上々だったが、ギリシア語には手をやいて結局習得できずに終わった。文字が異なることに慣れることができず、途中で諦めた。

「ニッコロは存外ネバリがないのだな」と言われた先生のがっかりした言葉と表情がしばらく胸を苛んだ。

グレンキ教室では政庁前の広場を利用して体育の授業を行なった。政庁のお偉方と何らかのつながりがあるらしく、早朝に限られていたが、乗馬の稽古をした。広場の面積はそれほどでもないが、円形であることが利点で、グレンキ先生が飼っている馬二頭に生徒一〇人が代わるがわる乗って、それぞれが二周した。朝の冷気に馬とからだが一体となって落馬することはなかった。

いま思えば仔馬だったような気もするが、生徒のほうがからだが小さかったので馬が大きくみえたのだろう。生徒のなかに女子もまじっていて、珍しかった。家が裕福で親の理解と配慮が教育へと向かっていたのだと思う。

女子にラテン語は不要と考えられていた時代だ。グレンキ先生はそうしたことには無頓着、というより、きっと先進的な考えの持ち主だったのだろう、男女のべつなく同じ人間として受け止めた。それはニッコロにも影響を及ぼし、妻として迎えるまえのマリエッタにラテン語の学習を奨励した。学問に男女の区別はない。かの大家ジョヴァンニ・ボッカッチョは主著『デカメロン』で中世的禁欲を破棄し、密通を大胆に描いたが、その後の女性論では、なんと封建的な女性像を称え、ニッコロからすれば食えない男に思えた。創作と評論との間に大きな溝があったわけだ。どちらを信ずればよいかと悩んだ時期もあったが、ニッコロ自身が役人になって出張さきで農婦や酒場の小女《こおんな》と交わる性癖を持っていることに鑑みれば、男という生き物のつたない性《さが》を目の当たりにして、ボッカッチョにあれこれいう筋合いがないと慚愧《ざんき》の念に堪えなかった。でも秘密であることはなんとも避けられぬ魅惑だった。謹厳実直なグレンキ先生とて裏で何をしていることか……。教室での学習の基礎となるのが古典文学の読書で、それが提供してくれる調和のとれた人間性の修得が学びの一環だった。ニッコロは子供たちにも当然、同じ方法で臨んだ。

ニッコロが二九歳のときだ。ローマでのフィレンツェ大使、リッチャルド・ベッキから破門僧サヴォナローラにたいするニッコロの所見を求められ、ベッキに送った私信が最初の書簡として残っている。そこには破門僧の民衆を煽り立てる激烈な文言へのニッコロの敵意が明らかにみられる。

ところが書簡にはもう一通あって、二〇一八年にフィレンツェ古文書館で発見された。

ニッコロの直筆だった。そこにはサヴォナローラのべつの面を批判しているニッコロがいた。
発見者がサヴォナローラの研究者だったのがある意味で皮肉だったけれども、双方の人物像と時代背景を知る上で貴重な文献だった。これまでサヴォナローラの教育観は推量程度にしか知られていなかったが、ニッコロのこの論難文章からサヴォナローラの教育への姿勢が見て取れた。ニッコロが怪僧の教育観をまとめた個所を挙げてみよう。

人間は生まれながらに罪深く、人間の本性は自由に進展させるものではなく、矯正処置が必要である。それゆえ教育とは、人文主義教育の下、人間を自由に全面的に発展させるべきものではなく、峻厳にして非情であらねばならず、人間の本性の賛歌とはほど遠い、厳格で情け容赦のない虐待的訓育である。

右のようにまとめたニッコロはさぞかし深い嫌悪感をサヴォナローラに覚えたことだろう。発見者の文言にもそれは明らかに込められており、サヴォナローラの研究者だから文献的に認めざるを得ないが、ニッコロの立場、拠って立つ教育観のほうが充分に理解できると評した。繰り返すまでもなくニッコロは全人教育という人文主義教育の視座にあって、毒舌演説をするサヴォナローラの狂気を「非情」に喩えたとわかると同時に、怪僧の教育理念がいかに時代精神に背理していたかがわかる。このことからもサヴォナローラの酷な死の理由が掌握できるというものだ。

教育観だけで、と疑問に思うひともいるだろうが、教育、その現場、現状をおろそかにしては決していけない。純粋無垢な少年少女たちに毒を盛ってはならないのだ。そして残念なことだが、その毒の所有者たるや、教える立場の側の内面に巣くっている恐れがある。ニッコロの記録にはつづきがあった。

サヴォナローラの支持者は下級階層の面々だという通説に反し、富裕層や中間層にもかなりの数の支持者がいたことがその文献に記されていたのだ。著名な画家や哲学者も名を連ねていたが、そのなかにサヴォナローラの属するドミニコ会への寄付を強請された信者たちもおり、その家族から金銭面での悲痛な訴えが出ている現状を憂いているニッコロの苦吟が読み取れた。とくに親、それも母親が、霊感あらたかな聖母子像を多額で購入しようとし、一家が破産に追い込まれたという悲劇もあったり、子供に無理やりサヴォナローラの過激で禁欲的な教えを信仰させようとして親子間に軋《あつ》轢《れき》を生んだりしている惨状も記録されていた。宗教的寛容など、政教分離を訴えたニッコロの慧眼の時代には実在しなかったようだ。特に念の入ったことに、その聖母子像に「天帝《チエーロ・インペラトーレ》」と、子たるイエス・キリストに変名をあてがい、箔をつけていた。天帝を信ずるとご利益があるというのだった。イエスは天におわすという内実を「帝」という言葉で粉飾し、その像まで作成し、信者に売りつけた。それらの金が何に使われたかはわかっておらず、ニッコロ在任中の課題でもあったが、子供たちが「天帝」に入信しないよう努めるのが精いっぱいだった。

ところが、長男のベルナルドは、不死の霊水で再洗礼を受ければ長寿間違いなく、おまけに天国に行けるという教えを信じ切ってしまい、それがいかにインチキなものであるか、説き伏せるのに想像以上の労力を要した。目先の利益には誰しもありがたみを覚えるものだが、ご利益を主張したその時点でその信仰は徳義が失墜する。宗教は毒だとつくづく思い返す。それがほかならぬ自分の家族をも侵しつつあったのだ。この新興の宗派の魅力も、もやもやしたところにある。「ご利益」が具体的に何を指すか、知る由もない。この宗教の曖昧《あいまい》こそが人間を魅了する。政治のような、ある種の明晰さは不要だ。手ではつかみ切れない水にも似た存在——これが宗教の実体で、一度引っかかると、水なしでは生きていけなくなる。ニッコロは〈水〉という生存の第一の糧と、生きて行くという世俗の〈垢〉の二つにまみれ、葛藤しながら生きたのではなかったか。次男のロドヴィコは兄を説得しているニッコロの苦労を見知っていたので、染まることはなかった。こうした邪教は時代が波に揺さぶられているときに、その波間で起こるものらしく、キリスト教の一派であるにせよ、金銭がからんでくれば信心ではなく、単なる商い、言ってみれば、霊感商売にすぎない。

もともと数々の継承戦争、宗教戦争、領土戦争に明け暮れた時代に、正統や平和や寛容などという観念は存在するはずがない。ニッコロの活躍した時代は、邪教処理とフィレンツェを外敵から守るための政略に多くの時間を費やした。子供たちに遺すものがあるとすれば、こうした息苦しい時代をどうやって生きてゆくか、その方法の教示であろう。

ニッコロがローマに滞在していたときの教皇はメディチ家出身のクレメンス（七世）である。その側近として歴史家としても名高くニッコロの友人でもあった偉才にフランチェスコ・グイッチャルディーニがおり、当時ニッコロはいつも彼と行動をともにしていた。クレメンスはいわば半島防衛の筆頭であるべき象徴的存在でもあったが、事実上の総司令官の戦意の欠如に腹を立てたグイッチャルディーニとニッコロは、フィレンツェに帰国した。

一五五七年、神聖ローマ皇帝カール五世は二人がローマを去ったことを察知して、攻撃の矛先をフィレンツェからローマへと変えた。同年の五月六日からカール五世の兵がローマを略奪した（「ローマ劫掠《ごうりゃく》」）。時を同じくしてメディチ家がフィレンツェを追放された。

この時期はイタリア戦争第二期にあたり、フランスのフランソワ一世が、二五年のパヴィアの戦いでカール五世に敗北して捕虜になった（二六年三月釈放）。となればフランスのイタリアへの野望は潰えたことになり、イタリアがカール五世の覇権下に置かれるのは必然的に明らかだった。しかしカール五世も油断していては西進してくるオスマン軍から領国を侵害されるので防衛せねばならず、一五二九年にはついに宮廷があるウィーンが攻囲された。さらに国内ではルター派の信者が防ぎようのないほどに燃えたぎり、鎮圧せねばならなかった。

ニッコロの生きた時期の後半は、宗教改革の時期とも重なり、それはカール五世の手にも余るほどの勢いで猖獗《しょうけつ》を極めた。政治と宗教の分離など、しょせん夢想であったかもしれないが、ニッコロはそうした政変よりも一家の生計に常に気を配らなくてはならなかった。ニッコロに言わせれば、戦争とは実行されているか議論されているかのいずれかで、いまがどちらに属するかを考える特別な時間というものはない。

実行・議論の繰り返しの裡に戦争は存在しているのだという。フィレンツェ防衛のために三〇代を捧げてきたニッコロのこの見解には重みがある。

ルター派のイタリアへの密かな浸透は、ニッコロの息子たちにも悪い影響をおよぼした。その最たるものは、人文主義の否定だった。ニッコロたちの世代の青年、その後の世代のひとたちも、キリスト教人文主義とその教育の下で育った。それは彼が『君主論』なる書をものしたとき、その最終章で引用した、われらが桂冠詩人ペトラルカの詩句に顕著だった。数行の詩を熟読すると、この大詩人がイタリア半島の統一を希求していることが伝わってくる。

このペトラルカこそ、古典古代を黄金期とみて、西ローマ帝国の滅亡（四七六年）から当代までを真ん中の時代＝中世として、「中世暗黒」説を唱えた人物だった。「私から新規の第一歩が始まる」という意気込みで、古典古代の異教徒の文化（人文主義）とキリスト教を結びつけたのだ。「キリスト教人文主義」の成立である。もっと言えば、ヘブライズム文化とヘレニズム文化の融合・調和である。ニッコロはじめみなこの教育を受けて育った。息子たちもである。

ところが、パリでエラスムスが説いたように、ルターの成長の糧はキリスト教という宗教で、人文主義ではなかった。それゆえルター派はキリスト教人文主義者を身にまとったひとたちから人文主義（ヘレニズム文化）を洗い流してヘブライズムだけにしようとした。この影響が次男、三男に及びそうになったのをいちはやくニッコロが察知した。というのも、彼らに落ち着きがなくなり、礼拝にも行かなくなったからだ。

「明日は必ず行こうな」と声をかけても二人とも首を縦に振らなかった。いったいルターの教えのどこに魅力を感じているのか、ニッコロ自身よく理解できなかった。ロドヴィコもグイドも、奇異な目つきでニッコロをみつめた。

「おまえたち一体どうしたというのだ？　サンタ・クローチェ教会のどこが気に食わないんだ？　あそこにはわが家の礼拝堂があるというのに」

ニッコロには、ロドヴィコはともあれ優秀なグイドまで、ルター派になびくとは信じがたかった。

「グイド、理由を聞かせてくれ」

兄弟二人は顔を見合わせ、言いにくそうに顔をゆがめて、

「父さん、だってローマ教会がひどすぎる、くさってる」と言いきった。

ニッコロは虚をつかれた。思いもよらぬ答えだった。ルター派は方便にすぎず、ローマ教会の腐敗ゆえ、教会を拒否しているとは！　さもありなん。実際そうなのだ。教皇聖下はじめ枢機卿も、汚職や収賄、女色や肉食に走り、止めようもないくらいだ。

そうそうグイッチャルディーニが、零落した教皇に仕えるよりルターのほうによほど親近感を覚える、と言っていた。正鵠を射ているかもしれない。ロドヴィコもグイドも正義感・清潔感にあふれていた、ということか。ルターは教会の浄化を訴えていた……。

教会は聖なる領域で、世俗世界に色目をつかってはならない。教皇領なる領土を所有していることじたいが不謹慎だ。子供の直感とは恐ろしい。ニッコロが政教分離を唱えた際、教会の乱脈が果たして念頭にあったかどうか。統治の術のみしか視野に入れていなかったのではなかったか。自分の発想がきわめて俗っぽいことを恥ずかしく思った。

ニッコロはローマ劫掠のまえにフィレンツェ防衛のためにグイッチャルディーニとともに帰国した。カール五世のローマの次の目標がフィレンツェであることははっきりしていたので、ニッコロやミケランジェロは市壁の修復に尽力するが、その直後、ニッコロは病の床に臥《ふ》した。持病の胃に障りが生じ、回復の見込みがなかった。一五二七年六月二一日、ついに息を引き取った。懺悔もして、近親者に看取られた最期だった。

遺骸はサンタ・クローチェ教会のマキァヴェッリ家の礼拝堂に埋葬された。記念碑が立てられた。解釈は自由だが、次男、三男に突きつけられた宗教への考慮があったのなら、と思わせる一文である。

名は高けれど称賛なし。

つまり、政略・統治・外交面では健闘したけれど、内面の問題である宗教を司る教会の腐敗には鉈《なた》を振るわなかった。「称賛」の中身がさまざまであるだけ、それほどニッコロの活躍の範囲が広くて評価されたのに違いない。次男、三男が歯がゆかったのは、ニッコロが地に堕ちたローマ教会の低落ぶりに関心を示さなかったことだ。ルターの宗教改革を人文主義の危難と捉えはしたが、具体的に対処せずやりすごした父親が旧態依然としたローマ教会に身を寄せたのは、決して褒められたことではないとみなしたに違いない。

【参考文献】

「二〇二〇年という幕末」（本文で提示したもの以外）

荒井良夫『開拓団「赤心社」の系譜と澤茂吉――神戸から浦河へ来たピューリタン』（財団法人 北海道科学文化協会、一九九四年）
磯田道史『感染症の日本史』（文春新書、二〇二〇年）
奥野久輝『江戸の化学』（玉川選書、一九八〇年）
川本裕司・中谷一正『川本幸民伝――近世日本の化学の始祖』（共立出版、一九七一年）
北康利『蘭学者 川本幸民――近代の扉を開いた万能科学者の生涯』（PHP研究所、二〇〇八年）
デッラ・ポルタ、ジャンバッティスタ『自然魔術』（澤井繁男抄訳、講談社学術文庫、二〇一七年）

「残映のマキァヴェッリ」（日本語で読める文献に限る）

エスポジト、ロベルト『政治の理論と歴史の理論――マキァヴェリとヴィーコ』（堺慎介訳、芸立出版、一九八六年）
小川侃『ニッコロ・マキアヴェッリと現象学――彼の汚名をすすぐ』（晃洋書房、二〇一五年）
ガレン、エウジェニオ『ルネサンスの教育――人間と学芸との革新』（近藤恒一訳、知泉書館、二〇〇二年）

ケーニヒ、ルネ『マキアヴェッリ――転換期の危機分析』（小川さくえ・片岡律子訳、法政大学出版会、二〇〇一年）
澤井繁男『マキアヴェリ、イタリアを憂う』（講談社選書メチエ、二〇〇三年）
ブリヨン、マルセル『マキャヴェリ〔新装版〕』（生田耕作・高塚洋太郎訳、みすず書房、一九九八年）
マキアヴェッリ、ニッコロ『君主論』（河島英昭訳、岩波文庫、一九九八年。
〃『マキァヴェッリ全集』全六巻、補巻一（永井三明・藤沢道郎編集、筑摩書房、一九九八―二〇〇二年）

【初出】

「二〇二〇年という幕末――近代化学の祖 川本幸民」『逍遥通信』第八号、二〇二三年三月三〇日、札幌市。

「残映のマキァヴェッリ」書下ろし。

なお本作はマキァヴェッリ三部作の三部目ゆえ、筆致を第一作『若きマキアヴェリ』、第二作『外務官僚マキァヴェリ』に合わせている。

澤井繁男（さわい・しげお）

一九五四年、札幌市生まれ。第一九次『新思潮』同人。『北方文藝』に寄稿し、小説「雪道」で『二百号記念 北方文藝賞』（選考委員＝野間宏、八木義徳、吉行淳之介、井上光晴）受賞後、『三田文学』、『新潮』、『文学界』などに小説・評論・エッセイを発表。学術的専門分野はイタリアルネサンス文学・文化論。札幌南高等学校から、東京外国語大学を経て、京都大学大学院文学研究科博士課程修了。東京外国語大学論文博士（学術）。元関西大学文学部教授。主な創作書に、『若きマキアヴェリ』（東京新聞出版局）、『外務官僚マキァヴェリ』（未知谷）、『復帰の日』（作品社）、『旅道』（編集工房ノア）、『絵』（鳥影社）他多数。イタリア関連書に、『魔術と錬金術』（ちくま学芸文庫）、『ルネサンス』（岩波ジュニア新書）、『カンパネッラの企て』（新曜社）、『魔術師列伝』（平凡社）、『ルネサンス文化講義』（山川出版社）他多数。訳書にウィリアム・J・バウズマ『ルネサンスの秋』（みすず書房）、デッラ・ポルタ『自然魔術』（講談社学術文庫）、カンパネッラ『哲学詩集』（水声社、日本翻訳家協会翻訳特別賞受賞）、同『事物の感覚と魔術について』（国書刊行会）他多数。

二〇二〇年という幕末

二〇二四年一月二〇日　初版第一刷印刷
二〇二四年一月二五日　初版第一刷発行

著　者　澤井繁男
発行者　青木誠也
発行所　株式会社作品社
〒一〇二-〇〇七二　東京都千代田区飯田橋二-七-四
TEL＝〇三-三二六二-九七五三
FAX＝〇三-三二六二-九七五七
振替口座　00160-3-27183
https://www.sakuhinsha.com

本文組版　有限会社一企画
印刷・製本　中央精版印刷株式会社

ISBN978-4-86793-015-1　C0093　Printed in Japan